世紀文庫
文學 036

人間小情事

王瓊玲　著

人間小情事

目次

凝眸與回首

其中有我

序彩人生

赤子赤心

特別收錄 中篇小說

跋

凝眸與回首

那條公車路

那條公車路——嘉一〇六路線，悲喜交織，故事多到寫不完。 （黃敏展／攝）

嘉一〇六

那一條公路，沒有名字，只有代號——嘉一〇六。

就這樣？這麼簡單！怎麼能甘心？

那麼美麗、那麼多故事的公路，怎麼可以用一個無色無味、無聊無趣的阿拉伯數字，就潦潦草草呼籠過去？簡直是烏龜吃大麥嘛！

怎麼辦？

立馬找個花白鬍子的阿公；或者眉毛一抬，額頭就可夾死兩隻蚊子的阿嬤問一問吧！

人呀！年紀一老，所給的路名、地名、人名也通通都跟著老；而且，不只誇大事實，還會問一答十：

「喔！少年家，你問的那一條公車路哦！坎坎坷坷，爬高落低，有夠夭壽歹行。你問這，要做啥呀？」

（黃敏展／攝）

「好奇，可以殺死一百隻貓」——那是西洋人說的歪理。在我們梅山鄉，好奇不但殺不死貓，還會讓老人更加活跳跳。因此，根本不必應答，老人家的口水就會噴得你一頭一臉：

「你喔！斟酌聽我老大人講：路若是不夠熟，就勿要黑白亂亂闖。萬一失了神、迷了路，是會被魔神仔牽去深山林內，活活餓死寒死！有聽到否？乖乖聽我老人嘴，才會大富又大貴。

無、無啦！我哪有管教你？現在的少年家，十隻手指頭耍手機、頭殼內裝噴射機，連放尿都會噴上天，誰人敢管？管也無路用。無人會認真聽老人言，只甘願吃虧在眼前。我們這群老歲仔人！老早就清醒兼覺悟囉！」

嘿！嘿！領教到了吧！但是，別落跑。聽說：打斷了老人家講話的興頭，是會被捉進地獄割耳朵的。怕！就忍著點，聽下去吧！

「講正經的，我也不知那條公車路叫啥名字？咱們梅仔坑人，無論大大小小，都叫伊是『雙溪仔線』啦！」

好呀！總算問出一點名堂來了。但是，你出的是填充，老人家回的卻是問答題：

「『雙溪仔線』——是按咱們梅仔坑的圓環，往蛇仔籠坡、九芎坑那邊山區過去。去到大草埔的分叉路，彎入去正手邊，往產業小路直直溜落去，過了外湖，就是雙溪村。繼續爬上芹蕉山的半山腰，再斜斜趨入崁腳底，騰高又落低，彎五六個彎、爬七八個山崙，經過田寮、大枯園，再橫渡過三疊溪的紅毛土橋，葉仔寮、陳厝寮就到囉！

然後，爬上大崎頭，彎落去小崎腳，就會通到大大條的平路。平路的兩邊所栽種的，全部是：樹身有夠大欉、枝葉青翠翠，正港又十全，咱們臺灣百年的土檨仔樹。

這時陣呀，打貓街仔、火車驛站就差不多到囉！」

問答題——怎能答得盡興？接下去，老人家開始申論了。這時，不是噴口水，是發大水了：

「啥？阿彌陀佛！你們竟然不知『梅山』古早時叫做『梅仔坑』；『民雄』的舊名是『打貓』！……唉！現在的少年家，真正是：『讀書、讀書，愈讀愈輸』，可憐兼可悲哦！

有、有啦！免驚、免煩惱，這一條雙溪仔公車路線，老早就鋪好『黑點仔膠』（柏油），不是大粒小粒的石礫仔路，勿會把人顛來顛去，顛到頭暈目暗啦！

你們少年家要詳細聽：咱們嘉義縣的梅山、民雄這兩大鄉，一向是『田有溝、水有流』，雙方有來有往、有嫁有娶，才會起大厝、蓋大瓦。從來都勿會『你看我普普、我看你霧霧』，結冤鬥仇，互相呸痰，……」

聽到這裡呀！不管你是老紳士、小淑女或大老粗，凡是識時務者，趕緊說想尿尿、要搭車，或頭殼疼、肚子痛……總之，隨便編個理由、扛個藉口，夾著尾巴，逃之夭夭去。

沒辦法呀！誰教梅山的老歲人，一向很能講、也很愛講。話匣子一打開，就像石門水庫洩大洪。再不滾遠一點，老阿公、老阿嬤包管會從抗清的鴨母王（朱一貴），申論到抗日三猛：「獅、虎、貓」（簡大獅、柯鐵虎、林少貓）。又鄭重宣告：高雄的舊名雖然是「打狗」，但打的絕不是柯鐵虎；民雄的舊名是「打貓」，也不是在追殺林少貓……。

總之，鞋底抹上油，趕緊溜了吧！而且，千千萬萬別回頭去問：「『雙溪仔線』是啥時代開通的？公車路邊不是有中正、南華兩所大學嗎？啥時候創建的？」

哇！這一提醒，老人家黑痲痲、瘦枯枯的兩隻手掌，會立刻著了魔法，轟！竄出來，變成發滿綠芽的蔓藤，咻！咻！咻！射向你，一圈又一圈，賭纏死繞的綁架你，再狠狠的講兩三個鐘頭，也不成問題。

我呢？

我可是吃梅山米、喝梅山水長大的，雖然還沒到髮蒼蒼、視茫茫的境地，但早練就了一身愛講又能講的武功。更何況，那條「嘉一〇六」公路，不只一刀一斧，鐫刻著我的青春記憶；也一寸一尺，拓印著我的人生軌跡，絕對是道不盡、說不完的。你有興趣聽一聽嗎？

女兒賊

數年前，我吃了秤砣、鐵了心，決定要回「嘉」又回「家」。所有的動機、理由、目的，都只有一個：「老爸走了，媽媽年紀大了，要多陪她一下。」

就這樣，我揮別了臺北的萬丈紅塵，回到了嘉義，在綠木扶疏、紅土遍地，鳳梨田、甘蔗園團團圍繞的中正大學教書，圓一個「孝女」的夢。

有夢果然最美，築夢也還算踏實。但是，千思萬想，絕對料想不到：「孝女」沒當成，「女兒賊」倒是當得響噹噹。

只因為，住進網路票選「全臺灣最美麗的大學校園」裡面，甚麼都好到不得了，只有一件事，硬是好不了——三餐沒著落。

中正大學校門（黃敏展／攝）

論起原因，還真是不少。首先：我是標準的「老外」——老外、老外，三餐老是在外。自助餐吃怕了，舌頭就變惡毒了。我曾經非常非常誠懇的對廚師說：「大爺您呀，真的是宇宙、超級、無敵的偉大！就只有您，才有天大的本事，把那些雞、鴨、魚、肉、青菜、豆腐、蘿蔔……五六十道菜，全部都煮成同一種味道。」

這麼美妙的恭維，竟讓廚師大爺的切菜刀，差點兒射成奪命飛刀。唉！既然控管不住自己的好口才，學校的餐廳還是少去為妙。

退而求其次，自求飽腹吧！

慘了，我是百分之一千的路癡、機械盲，雖然擁有駕駛證照（別懷疑，真的是考上的，不是抓火雞行賄換來的），卻不敢開車上路。「腿」到最近的菜市場，至少要一個鐘頭以上。而且，蓬頭垢面所燒出來的山珍海味，卻是狗不理、貓不聞的，連自己也吞不太下去。

罷了！解決之道，就是涎著臉，回梅山老家去，歪纏著老媽媽訴苦、撒嬌、兼耍賴，搞得她老人家既自責遺傳基因不良、又悔恨教女無方。緊接著，就會把燉好、煮好、滷好、炒好、蒸好的大包小包，全部塞進我的包包。這樣一來，「女兒賊」的糧草就有著有落、沒煩沒惱了。

從中正大學來回梅山的「乞食」之路，就是「雙溪仔線」公路。十公里左右，坐計程車：十五分鐘，三百塊錢，快捷又方便。搭公車：五十元有找，但是，發車一定不準時，車速只比烏龜快，每天也僅僅三班而已。

在甚麼都求飛快、求便利的時代，我卻是反其道而行——捨小黃，搭公車。探索其中原委：嘿嘿！節儉是表相、藉口，吝嗇才是本性、事實。更何況，搭公車，好處多，套句火紅火燙的電視廣告詞：「世界越快，心則慢」，彎彎折折的山路，真的可以讓感官悠閒下來、感覺敏慧起來、懷舊的清涼湧上來、記憶的香味漫開來……而且，放眼望去，上上下下的乘客，正搬演著起起落落的人生戲碼。一向酷怕寂寞、無奇不歡的我，當然就成為死忠的公車一族了。

車掌小姐

坐公車、繞山路，記憶洶湧如春潮，就先回味一下「雙溪仔線」的歲月體溫吧！點滴成海的生命印記，可還真不少。

打從我拼了小命，擠進當年算是「窄門」的大學之後，為了籌足龐大的學費、生活費，一到寒暑假，就捨棄「由你玩四年」(university) 的天女享受，乖乖風吹日曬打工去。

打甚麼工？就是當「車掌小姐」，那可是曾經風光過好一陣子的行業。

車掌——沒錯，就是公車的「掌門人」。講明白一點，就是隨車趴趴走的售票服務員。在彎東拐西、顛來搖去的大車廂內，車掌小姐必須手不扶、身不靠，兩腿劈叉、用力一杵，就杵定天地、擺平人事。剪票、賣票、收錢、找零、開車門、關車門……不僅吹響尖銳的鐵哨子，指揮司機老大的方向盤、煞車板；還要怒起兇巴巴的嘴臉，喝斥跑票的無賴漢；再揮出迅雷的拳腳，回擊噁心的鹹豬手。所以，當時的車掌小姐，個個橫眉豎目、武功高強，還被迫冠上了一個不怎麼好聽的外號——晚娘。

公車上的晚娘，與《白雪公主》裡的巫婆同宗又同派，絕對不是個討喜的角色，而且工時長、薪水少、又沒勞健保。面對這些薄情寡義，我這個小小工讀生，卻是感恩戴德、歡天喜地。因為，坐公車走山繞水，雖不是乘著夢的翅膀，但比起枯坐生產線八小時，每天只重複一個動作的女工，還是好玩得太多太多了。而所有的勤務路線中，我最愛跑「雙溪仔線」，因為奇趣、妙趣、樂趣一籮筐，想忘都忘不了。

玉蘭花香

「雙溪仔線」是產業道路，來來往往，男男女女，大都是手腳長硬繭、臉黑如鍋底的莊稼人。一輩子和山野拼命的阿公阿嬤、大叔大嬸們，才懶得理司機大爺的臉上是陰是晴？車掌小姐是真晚娘或小工讀生？只要一登上公車，他們就咧嘴笑呵呵，東招呼西吆喝的，只有「歡頭喜面」四個字，可以概括其模樣。偶爾，還會偷塞一兩支麻竹筍、三四粒甜橘子給司機，或者遞一大把紅荔枝給車掌，用來回報他手一招，車就停；甚至，連大籮大筐都可免費挑上車的情義。

有一次，在大枯園附近，一位老阿嬤奮力爬上車。雪白的髮髻挽在後腦杓，苦茶籽油抹得一頭銀閃閃，還插上幾蕊嬌黃的玉蘭花。一身棉衫褲，布盤鈕子、藍黑色，漿得挺直又麻利，一動就娑娑響。那歲數看起來呀！沒八十多也七十幾了。

山路崎嶇車搖搖，阿嬤單薄人晃晃，嚇得我從頭皮發麻到腳底，趕緊立起身來，把車掌的寶座捐獻給她。老阿嬤笑嘻嘻坐下，拉著我的手千恩又萬謝。不夠！還從布包袱裡，掏出一顆綠滴滴的大芭樂，用癩癩粗粗的手掌捧著，遞了過來：

「查某囝仔小姐！我只有這粒。一透早，我搬來長椅條，墊高兩隻腳蹄，伸長手爪，才挽落來的。真甜、真脆，我才咬一嘴，妳咬另外這一邊，就勿會沾到我的嘴沫波。勿要棄嫌啦！來、來，妳吃，我看妳吃，心內就歡喜。免客氣，吃、妳吃！」

顛簸晃蕩的山中道路，老阿嬤全身上下都是歲月的跡證，跡證上浮漾著溶溶春水。那樣的眉眼疼惜，我怎敢不接了過來？那樣的熱烈鼓吹，我怎能不當著她的面，咬下一大嘴？

嗯！還真的是又脆又甜哪！從鼻尖、牙齒、舌頭一直沁潤到五臟六腑的果香，混合著老阿嬤髮髻上的玉蘭花香，我到現在還回味不已！

豬母玲

有一回，也是在山光流轉、樹影婆娑、晃來又盪去的「雙溪仔線」公車上。乘客只有三四個，我呀！無聊到打起瞌睡來。正當一顆腦袋瓜左傾右斜、前點後頓，既像瘟雞啄米、又似病狗斷氣之際，突然，公車「咯吱~~~咯吱~~~」急慌慌煞住，害我差點從車掌寶座滾跌下來。揉揉眼睛一看，哇！車就停在芹蕉山的半山腰，離站牌還遠著哪！司機大哥卻火燙屁股似的跳起來，打開車門奔下去。

是對向衝來了一輛鐵牛拖曳車，滿載著黃澄澄的鳳梨，為了閃躲我們這臺巨無霸，竟然直直撞上大樹頭。車上一老一少，全部重摔落地，八腳朝天。那兒子看起來沒啥事；老爹爹卻撞破頭，鮮血咕嚕咕嚕冒，沿著他腮幫子，淌下脖子，白汗衫淹起血洪水了。

司機大哥當機立斷，叫兒子扶老爹上公車，火箭般駛往梅山大街去。老爹的鮮血還是狂冒，兒子的臉都嚇黃了，身子打起哆嗦，大眼珠瞪著我，一直問：「怎麼辦？怎麼辦？」

天呀！我哪知道要怎麼辦？

高中上護理課時，我不是在打瞌睡，就是在偷看金庸小說；現在，面對這一片血光，都快放聲大哭了。向我這軟腳蝦求救，有啥屁用？但——惻隱之心，人皆有之，總要努力一下吧！我掏出手帕，緊緊按壓老爹的傷口。但才一下下，手帕也血溼血透了。

「把衣服給我脫下！」我急了，大吼一聲。

那傻小子愣了一下，連嘟囔一句都沒有，就火速乖乖照辦。我看都不看他一眼，接過他的衣衫繼續胡壓亂按。還好，天可憐見，瞎貓碰到死老鼠，不知道壓到哪一個有效的止血點，出血量突然變少了，於是，順順利利將老爹送進診所，縫了四五十針。

比較嚴重的是——在車上，那小子嚇昏頭，連褲子也脫了。

隔了幾天，老爹裹著一頭的白紗布，領著兒子，端著一大鍋豬腳麵線，熱騰騰的送到梅山公車總站來。司機老大、車掌小姐們都樂瘋了，一陣驚呼之後，圍攏過來，拿碗的拿碗，遞筷子的遞筷子，歡天喜地，大打起牙祭來了。

大夥狼吞虎嚥之時，老爹爹卻有話直說：

「王小姐，妳做車掌太艱苦，又賺無啥錢。我看哩！不如嫁入來我厝內，做我的媳婦好了。我陳家已經三代單傳，我命令這個後生，趕緊娶某、趕緊生囝兒。偏偏伊呀！『兩耳煽東風』，連睬都勿睬我一下，害我差一點就『氣死驗無傷』。我撞破頭殼時，妳一叫伊脫，伊馬上就脫到光溜溜。妳一開嘴、他就乖乖照做。妳若是嫁伊，一定會像大隻豬母生小隻豬仔，一腹一胎十來隻，我就添丁大發財，家旺、厝旺、子孫旺喔……」

好一陣子，同事們賜給我一個超級可惡的綽號——跟母豬有關的。雖然，只敢在背後叫，但已經夠讓我恨死那一對父子了。

阿茂伯

那條公車路，未必每一樁回憶都是香甜的，也有絲絲裊裊，剪不斷、理還亂的。

司機阿茂伯，矮矮又胖胖，國字臉稍稍拉長些，再黏上一顆蒜頭鼻，威嚴中夾帶著擋不住的喜感。

他呀！丹田有力、聲如宏鐘、闊嘴吃四海，天生就是「老大」中的「大老」。大老對引擎、發電機、油路、火星塞的了解，連修車廠的老師傅，都要來低頭求教。新進的菜鳥運匠，對他更是畢恭畢敬。因為，論起跑長途、開山路，沒有人比他更懂得省汽油、省精力。

阿茂伯快屆齡退休了，眉毛早已蒙上灰、鬢角也染了白，卻是所有司機當中最樂天、最海派的。車掌小姐們都喜歡他，只要跟著他出勤務，絕對是熱鬧滾滾、歡笑處處。一趟路開車下來，他大概會吸三四支菸、嚼五六顆檳榔，說七八個冷熱不拘、葷素不忌的笑話；再跟乘客哈啦十幾次、鬥嘴二十多回。「開公車禁止聊天」的公訂法規，他堅信是違背人性、妨害駕駛，跟酒駕一樣不安全的。

那一次，卻完全走了樣。

日落前，出最後一班車了。本來就沒甚麼乘客，一過雙溪村，更全部下光光。我滿心期待阿茂伯發揮無敵笑功，讓這詭異的一天，逆轉成美好的 ending。因為，一整天下來，他都怪怪的，神態凝重、不言不語，而且不吸菸、不嚼檳榔，不開口跟乘客打屁啦咧。雙溪仔公路高來低去，方向盤旋來轉去，我只能望著山山水水發愣，飽嚐寂寂黃昏後、漫漫長路遠的無聊。

最險峭的山區到了。公車突然煞住，就停在千丘萬壑之間。

日頭緩緩西斜。回家的鳥兒，一群又一群，低低飛下來，斂起翅膀，棲息在枝椏與草叢。而敞開大喉嚨，狂喊了一整天的蟬兒也倦了，哀鳴細如絲，纏裹著山谷與樹林。

阿茂伯的手肘支著方向盤，花白頭顱垂到胸口，像是重病急症來襲。我嚇到了，急忙向前，正要開口關切，卻清清楚楚瞅見，一向嗟嗟呼呼最愛說笑的他，竟然緊閉著一雙眼皮、癟扁了嘴唇，用強大的力氣，撐忍著男人的尊嚴。但是，兩股淚泉卻撐不住、忍不了，狂冒又狂湧，奔流在他黝黑又多皺的臉頰。

我——噤聲、後退，愣著、杵著，不知道該怎麼辦？

哀哀流淚了好一會兒，老司機才離開駕駛座，站了起來，抓起一包手提袋，抹著眼淚，自己拉開車門，下車去。

他想幹啥？

我一驚，也立刻下車，挨近他，緊緊跟隨著，全身筋肉都繃到快裂斷，一顆心臟撲通！

撲通！狂跳。

咬著牙根，我暗暗向眾山神禱告，祈求阿茂伯可千萬別往山谷裡跳。我知道，就算我使出三輩子吃奶的力氣，也拉不住一個決心要尋短的老漢。

而傷心的老漢，真的意志堅定，往山崖邊走了去。身為梅山的女兒，可不能不講義氣！我全神戒備，亦步亦趨，隨時要施展「九陰白骨爪」，喔！不！「迅雷五爪功」，扣住他手腕、拉住他衣襬，不讓他跳進鬼門關。

但是，扣得住、擋得了嗎？我一點信心也沒有。到時候，場面一定很難看——會撲打？會咒罵？會被摑巴掌？會不會拉拉扯扯，一起滾呀落的，墜入山崖去？

唉！不管怎樣，至少有點悲壯、有些淒美吧！我才十八歲——我愛阿爸阿母、我恨英語聽寫；我有兩個暗戀的學長、一個追求我的討厭鬼；我瞞著房東太太，偷養了一隻笨貓……所有磨我、黏我、逼我哭、讓我笑的一切，在這荒山野地裡，難道都要永別了？

永別？天哪！怎麼可以！

行到山崖邊了。我額頭爆滿汗珠；從指尖、掌心到整隻臂膀，都偷偷在運功攢力，蓄勢待發。一定要快、狠、準，像猛虎野豹出擊，擒住要跳下山崖的老司機。

冷不防的，阿茂伯身子一矮，雙膝跪落，我只撲擊到空氣，連他的衣角都沒碰到。丟臉呀！

所有預期的驚悸、悲壯與淒美，瞬間都汽化了，變成水氣霧氣，消掉散盡……我有點慶幸、也有些失落。

最後幾道夕陽，從遙遠的山巔，斜斜射出芒刺，刺近了，射入身子骨去。山風飛飄在林稍，旋過來、蕩過去；蟲聲唧唧，如悲似泣……。

跪趴在崖邊的老司機，不是悲泣，是豁出老臉後，撕肝裂肺的慟哭。哭聲撼天動地。甚至，一下又一下，花白的頭顱，磕撞在堅硬的地上：

「阿芬呀！是我害的、是我害的，我對不起妳、對不起妳呀！……」

號哭了好久好久，才慢慢變成哀鳴，再幽幽轉成抽泣。又良久、良久，他才完全止住悲音。伸手進袋子，掏出了四樣水果、三支清香、一大疊銀紙。他喃喃祝禱，禱向蒼茫幽邈的天際。

那是阿茂伯的私祭與心祭。我緘默、肅立，見證了他的劇痛與沉哀。火光幽幽，閃跳在荒山曠野，緩緩黯下去，淡了、輕了。晚風蕭蕭，紙灰飛揚……。

他立起身，踱回駕駛座。山路依舊陡峭，一如艱險的世道。仰著頭，強忍著滿眶的淚水，十八歲的我，彷彿有了八十歲的滄桑。

好幾天後，阿茂伯才談笑如常。但我不問、他也不提，就好像崖邊的慘傷從未發生過。暑假快結束了，小工讀生要回臺北念書前，又輪跟到阿茂伯的班車。

一整天，他的嬉笑怒罵都很來勁。既然他健忘，我也不好意思追問。捱到傍晚，發最後一班車了，依舊是開在彎來繞去的「雙溪仔線」上：

「阿玲仔！」他總算開口了。全梅仔坑的長輩都那樣子喊我。

「阿茂伯，有啥事？」

「妳一直想要問，又不敢開嘴，對不對？」

「嗯！您若不想要講，也無啥要緊啦！」

「唉！已經七年囉！……那時陣，阿芬伊、伊跟妳現在同款，也只有十八歲，高職才畢業，歡歡喜喜來做車掌，賺錢給小弟小妹讀書；也順勢，捻積一點點，準備將來買嫁妝……。」

車行緩緩，迤邐在金黃燦爛的夕照中。青山翠巒，劈頭劈臉，衝打過來；剖成兩半後，分開退去。溪澗裡，水流淙淙，重映了慘痛的往事，也獨奏著青春的輓歌。

阿茂伯說：那次的颱風叫「艾妮絲」，聽起來明明就是「愛你死」，不祥又討厭。果然，風狂雨暴之後，還引進強烈的西南氣流。可是，陸上警報一解除，暴雨初歇，公車還是要上路，總不能讓山區的乘客等無車、鬧饑荒呀！

阿茂伯小心翼翼開進山區，赫然發現前方正在滑坡，細碎的石礫，嘩啦啦！從山壁不停滾落。往前開去必然危險重重，為了安全，他決意掉車回頭。

山路仄逼，倒車非常困難，盡責的阿芬下車查看路況，吹響鐵哨子，指揮大公車先後退，再找空間迴轉。

車子倒退沒幾公尺，突然，一陣轟隆隆的巨響，最恐怖的土石流爆發了。毀天滅地的泥漿，夾帶著龐然巨石，從山坡崩下來、蓋下來。後照鏡中，一身淺藍制服的阿芬，一瞬間，就被土黃色的巨獸吞了、吃了，完全不見了。

阿茂伯沒得選擇，切換了前進檔，猛力向前衝，閃避狂追在車後的土黃色巨獸——他真的沒得選擇！因為，車上還有十幾名乘客。

阿芬——終於被找到了，在五六天之後。

那幾天，阿茂伯守在現場、也痛斷肝腸。他向阿芬的父母下跪磕頭；他摟著阿芬的小弟小妹痛哭。怪手大機具要挖下每一鏟前，他都詳細檢查土堆，哀哀期求：

「不能再傷到可憐的阿芬呀！」

那是一場意外，無情的意外！沒人怪他、怨他，他卻是自我囚禁，蜷縮在無邊無底的心牢。雖然，日子再怎樣難過，也總得要過，他只能用加倍的嬉笑怒罵，來掩藏巨大的傷痛。

一直到很久很久以後，公車不再需要車掌小姐，小小工讀生也長大了，回到中正大學教書，才聽別人轉述：

——那件慘事發生後，老司機把每個月的薪水，分一半給阿芬家；退休了，微薄的月退俸也比照辦理。年年夏末，阿芬的忌日一到，髮白如霜的阿茂伯，還是帶著四樣水果、三支清香、一大疊銀紙，去公路的山崖邊，狠狠的哭祭一場。

後來，我多方詢問，好想再看看阿茂伯，他卻已離去，永遠不能再見了。

那條雙溪公車路，蟬鳴如昔，盤桓依舊。阿茂伯應是到天上去，與他日夜思念的阿芬相見了。天地不仁，以萬物為芻狗；人間有情，彌補得生命憾恨？八十歲與十八歲的重逢，將是甚麼光景？我癡癡幻想著。

紅貴賓

歲月的流轉，沉積了滄桑，讓記憶像公路一樣的悠長。紅塵倥傯，一件件悲歡，伴隨著一呼一喘的引擎聲，又在公車上滋長。

每一次登上車，就會與她哇啦哇啦的大嗓門相撞。她——圓滾滾、喜洋洋，標準的大媽大嬸樣。個頭大、年紀也不小，一頭紅棕色、細絨絨的卷毛，從頂心、額頭，一路卷到耳朵、垂到肩膀，把她卷成一隻營養過剩的貴賓狗。於是，大家笑喊她：「紅貴賓」，她也狗裡狗氣認了下來，就像跳起腳、張開牙，接咬主人丟過來的飛盤一樣。

紅貴賓的髮型與髮色，究竟是浪漫或孟浪？沒有人會去計較。外地流浪來的女子，遭遇過甚麼事、經歷了甚麼人？才是大家所好奇的。而她呀！相當配合，有問必答；甚至不問自答，嘻嘻呼呼，比手畫腳，唯恐天下不知不曉。

紅貴賓有一付沙啞的大喉嚨，音量勝過麥克風，最愛放送她百說不厭的人生履歷。還好，雙溪仔線的班車，全是有歲數、有過去的成年人，大致還承受得起她的「限制級」。

她那遭遇呀！還真的很限制級——棄嬰，父母不詳，不知哪邊冒出來的阿姨，把她帶大。國小只讀了兩年。初潮來的那個月，阿姨一邊教她如何處理，一邊就把她處理了。

就這樣，她賺到了人生的第一筆錢：三百元。另外的一千七百元，進了阿姨的口袋。

當著公車上三四十片耳朵，她繪聲又繪影：那個初夜的男人有多「粗勇」；十三歲不到的她，如何被嚇到吱吱叫；如何滿屋躲、滿口求饒。而那男人如何追、趕、跑、跳、碰；如何像老鷹抓小雞，挾著她上床；如何用千斤豬的體重壓她、撞她；如何張虎牙、伸豹爪，撕她、裂她……。

這樣的黑色暴力、黃色春宮，不管男的、女的、初老的、垂老的，人人愛聽。有時，還會卯起勁來逗她、搔她，讓她說得更剝皮入骨、演得更活色生香。而血氣衰竭的尊長們，不是打瞌睡，就是裝耳聾。於是，她一遍遍的講，一次次重回娼寮，一回回被掠奪童貞，在那顛簸的公車上。

有一回，實在聽不下去了，下車後，我快步追上她，握住她臂膀，想拜託她閉上嘴，別一直丟人現眼。她站住腳、回過頭，看著氣急敗壞的我，紅卷毛覆蓋下的胖臉，多粉又多汗；眨巴眨巴的眼睛，一清如水。剎那間，我有被雷電劈到的震撼，啞了口、也鬆了手，心頭湧上陣陣羞慚。

——是的，我在幹嘛？那樣的摧折與崩毀，她到底用甚麼能耐，才能挺過來、活下來？眾人共犯的過錯，憑甚麼要她一個人獨吞？若是：她天生不知傷、不解痛，那是混沌未被鑿開七竅，是上天對薄命女子唯一的恩賜與疼惜，我們或許還應該為她慶幸呢！

若是：她用回憶來療傷、用傾訴來除穢，我們怎能拿世俗的尺度來封她、鎖她；拿禮教的大刀來砍她、剁她，強逼著她要知恥知愧，卻不管她一身的瘡疤，會不會惡化潰爛？會不會流膿流湯？

是呀！我在幹什麼蠢事？

正當我腦子千迴百轉時，單純又喜樂的她，反過來拉住我的手，兩片厚嘴唇，軟嘟嘟、血豔豔，一下子噘圓、一下子拉扁，哇哇咧咧！忙得很，忙著報告她的現況：

「王教授，昨晚，我上班的生意真好，有七八個人客來找我爽。這兩三日的藥錢、菜錢，攏總免煩惱了。」她兩條細長的眉毛在跳恰恰，幾滴飛沫噴到我鼻尖。

「上班」——那是她的過去式，也是現在的進行式。說來真是話長。

命運中，很多的不幸與不堪，像飛鏢與亂箭，左擲又右射，而她，是唯一的靶心。為了要掙一碗飯吃、搶一口空氣吸，她繼續操持著阿姨教她的舊業。而在哪裡上過班？款待了甚麼客人？又成為她在早班公車上，被人一撩撥、一提點，就大鳴大放的生存履歷。

不識字，沒家、沒親人、十二歲多就被推下海的女人，僅有的能耐，就是在慾海裡泅泳。慾海中遇到的，不一定是壞人，但都是尋歡作樂的客人。有好幾回，她認定某個客人是好人，就滿心喜悅、滿身奉承，兩手緊緊攬著，像抓住汪洋中的一截浮木。

她精彩無比的身世，讓好人也可以名正言順、理直氣壯，拒絕給她一張結婚證書。她乖，不貪、不鬧、不妄想，只要不溺死，上得了岸，日子就湊合湊合過吧！當小三就小三，小四小五也無妨，有甚麼好計較的！

但是，別的女人幹嘛跟她一起湊合？

於是，名媒正娶的大老婆、氣燄囂張的小老婆，有的聯手出擊、有的個別猛攻：搗毀了她的巢穴，死揪著一頭紅卷毛，拖到大街心，又撕又罵、又踹又打。她——就算打死不退，也被打回原形。

從此呀！她的那個好人，不敢再當客人；就連見了面，也只變成路人。

她能怎麼樣？死心了吧！縱身再跳入慾海，更加放浪形骸：「無要緊啦！反正死死去，也無人哭、無人來收屍囉！」

若是，真的能夠死了心、絕了情，也就一了百了。偏偏她那顆心會跳、會舞，怎麼死也死不透、死不絕。只要海上又漂來一段木頭，哪怕是殘枝或朽木，她又會蘇醒過來、活絡起來，下狠勁，拼死命，無懼無悔的泅過去、攀上去，像登上了諾亞方舟。

這樣的情節，變成了規律的循環：從輪船進出的大海港，循環到偏僻的小漁村；從三重埔、廣州街的黑巷弄，重複到警察永遠看不見的「野雞寮」。她的身價直直落，年紀與體重卻節節漲。後來，她報的價碼是五百元，熟客可以打個八折；沒飯吃時，一百也可以。她斜斜飛個風騷眼，肥軟軟的手掌搭上客人的肩：「一百是最底限，你想要殺價，我就會殺人！」

至於，為何天天搭早班車呢？那也是無數次循環中的一次。如果，老天爺仁慈一點，有可能是最後一次。

這一次，她攀上的——唉！算是朽木吧！

她喊他「阿壞」。女人會說男人壞，鐵定是被他「壞」過，壞到在皮上刺了青、在心版烙了印吧？風裡來、浪裡去，翻滾了大半輩子，一講起阿壞，她竟然眼也媚了、臉也紅了，即使在公車上，也有點像發了情的母貴賓。

據傳：「朽木」在衰頹前，也曾經是高挺茂綠的大樹。紅貴賓說：三十多年前，高雄黑巷底的娼寮內，她有緣見識到，卻無緣長相守。一直到兩年前，阿壞的老婆兩腿蹬、雙眼閉，「去蘇州賣鴨蛋」了。滿百日的那晚，阿壞被幾個死黨拉去治療喪妻之痛。一場驚天動地的喜相逢，就從民雄簡陋的「查某間」開始。後來，兩人登了家堂、入了臥房，一步步正大光明起來。

這兩年，阿壞還能「壞」嗎？公車上，紅貴賓的呈堂證供，雖然活靈活現，卻常被大嬸、阿伯們啐口水、抓小辮子。因為，阿壞早就超過七十歲，又有巴金森氏症，全身上下抖呀抖、顛呀顛的，光是等候他上下公車，就能證明梅山的司機與乘客，是多麼的具有愛心及耐性。

但是，紅貴賓總算找到家了。

她忠心又死心，護守家園、捍衛主人。她兩腳跟隨、雙手攙扶、一張嘴巴笑嘻嘻又罵咧咧。那種架勢與聲勢，分明在宣示主權：這一次，她不再是流鶯野燕，是扳不倒的家庭主婦；身旁的那個男人，雖然顫危危、病歪歪，卻是她牢牢靠靠的擁有，別人休想搶走、她也絕不放手的。

阿壞的腦子不曉得有沒有壞？當紅貴賓對著滿車鄉親，傾吐她豐富的人生履歷時，他也抖著兩片薄耳朵，興致勃勃在聽，不時還會補充幾句遺漏、提醒幾個重要環節。

那段日子裡，他們每天搭公車去梅仔坑市集買菜。蜜滋滋的一對新人，與老人們相處融洽、交談熱烈，是公車上笑聲最強旺的時候。但不久，她落單了，又開始「上班」。黃昏去，清晨回，通勤往返她與阿壞的家。

原來，阿壞有三四個兒子，很害怕多了一個莫名其妙又可以分財產的後母。所以，他們日吵、夜吵、黑白亂亂吵，吵到阿壞還沒死就先分了遺產。

長期抖呀抖的阿壞，一定把頭殼抖暈了，不只田產分得乾乾淨淨，就連現居的房子都歸到兒子名下，存款簿也沒留多少錢。愛喝酒的他，還領著紅貴賓一起酗酒。兩人一大早就酒氣衝天，趍趍趔趔、顛顛倒倒的要爬上公車。鄉親們好肚量，一邊扶、一邊罵又一邊勸，但終究勸不住、擋不了。這一對冤家呀！你綁著我、我綑著你，一起往下墜，墜入那黑暗麻痺的酒精世界。

有一天，阿壞不知是真醉或是假醉，竟然把農藥當成米酒頭，直直就灌下喉。這一灌，把他灌進了急診室，卻把紅貴賓灌醒了。她二話不說，戒了酒精，舞起十八般武藝，迎戰從地獄派來的牛頭馬面。固執的她，煎藥熬湯、把屎把尿，終於搶回她男人的命。

命雖搶回來了，卻剩不到半條。鈔票完全花光光，一毛都不剩。兒子們冷冷淡淡，一文也不給。

阿壞命不壞，還有紅貴賓在。快六十歲的女人了，面對龐大的醫藥費、生活費，能怎麼辦？她抹藍了眼影、塗紅了指甲，縱身一躍，又跳下慾海去。夜晚，民雄的「查某間」裡，她用臃腫又廉價的女體，哺餵著饑不擇食的野男人。清晨，搭車回山中，她端著飯碗、拿著湯匙，一口接一口，餵養著自己的老男人。

她恢復生機了，大喉嚨又一再放送著自己的經歷、別人的祕辛，逗得滿車滿路，盡是笑聲。我常猜想，顛簸晃盪的公車上，是不是她人生中最平順的好時光？

她可能滿喜歡我的。喔！不！應該說，她沒討厭過任何人。四季中，屬於春天的嬌嫩，她早已完全失落，或者從沒擁有過；但是，憑著一股秋老虎的野性，她大剌剌、強猛猛，真的讓世情不那麼衰頹、人情不那麼涼薄了。

而我當了三年半的教授，有了半年的休假。為了充充電及搜尋寫作材料，我暫別講臺，出遠門旅行去。出發的前幾天，紅貴賓塞給我五六條蕃薯：

「是我種的，我親手種在溪埔邊、沙地上的。不管是用炊、用煮、或摻入白米飯，攏總真好吃。包管妳出國一想到，嘴沫波就會滴滴流……」

半年之中，我走在異國他鄉，盛宴與小酌無數，但心中最思念的，卻是梅山雙溪畔，紅貴賓親手栽種的甜蕃薯。

乍回故鄉，迫不及待的要尋她、謝她。只是，公車上、候車亭內，甚至車路邊，都見不到那一頭熟悉的紅卷髮。我問車上鄉親，男的搖搖頭、女的擺擺手，搖頭擺手之際，都從胸腔裡，呼出了一大聲長悠悠的歎息。

這不合常理呀！梅山能講又愛講的叔伯、姆婆們，怎麼全都鎖上嘴、啞了口？我輾轉追問，好不容易得到了一些訊息：

三四個月前，牛頭馬面徹底打贏了，用鐵鍊綑走了阿壞。紅貴賓奮戰到最後一刻，雖敗猶榮。人人誇讚她是最盡責的護士、最細心的妻子。

出殯那日，棺材一抬出門，她還遵行寡婦的禮俗，端坐在廳堂正中央，由女長輩阿綢嬸婆，端著碗公、挾起麵線，餵她一口一口吃下，並且大聲讚頌：

「老翁——福壽終，入大厝，抬去埋；老婆——坐大廳，顧子孫，守錢財。」

那時候，本來淚已流乾、嗓子已哭啞的紅貴賓，突然張開含著白麵線的嘴巴，大聲嚎哭起來。而且，一邊哀號一邊狂笑，把阿綢嬸婆嚇得整碗麵線都打翻掉。

阿壞——埋進泥土裡去腐壞了。不到一個月，紅貴賓就領到一筆錢，阿壞的兒子們給的。

紅貴賓沒推辭，逢人就誇讚：「阿壞的幾個後生呀，真有良心，比我十二三歲時，阿姨給的初夜『開苞錢』加了真多。」

到底加了多少？眾人當然好奇。

紅貴賓從口袋掏出千元大鈔，手指頭沾口水，一張一張數，一、二、三、四……八、九、十。十張。沒多沒少，十張。

十張一千元，不知要算作遺產？贍養費？或是資遣金？

總之，紅貴賓被掃地出門了。

她還是沒哭沒鬧，一一向車上的老友們辭別，決定去基隆找養她大的阿姨。

「若是找到妳阿姨，就拿菜刀去剁伊的手指頭。伊貪財，無天無良，推妳入火坑，害妳一世人。」金塗嬸為她抱不平。

「無呀！阿姨哪有害我？伊教我討賺，我才有吃有穿。伊八十外歲囉！勿知還活著否？……」侍病與送終的折磨，讓紅貴賓憔悴了，大嗓門也瘖啞了許多。

「找無妳阿姨，就轉返來梅山。大家湊作一夥，坐車、開講、耍笑，日子總是過得去啦！」司機老大也開口了。

「無路、無厝、無囡無兒、無查甫人，返回來梅山，有啥路用？」她幽幽的說。望向車窗外的一雙眼睛，乾了水也滅了光。

沒有甚麼行李好帶的，她只帶走了阿壞的神主牌。

走了！走得乾乾淨淨，無消無息。雙溪仔線的公車，沒了她的大嗓門，歡笑聲減了，夕陽也褪色了。

盼歸

半年的教授休假，雖說是充電不少，其實也耗電頗多。倦遊歸來，不只站上講臺時，要重新啟動教學細胞；想提筆寫作時，也要探索縹緲時空、追覓沉寂的感動。於是，我穿梭於雙溪仔線上，懷想一樁樁煙塵往事，也凝眸紛至沓來的現況。

當然，遊子一回到故鄉，「女兒賊」蠻風再起，繼續向老媽媽「索食聲吱吱」，一點也不臉紅。而那條公車路，崎嶇不改，蜿蜒如舊。送我綠芭樂的老阿嬤、一身淺藍制服的車掌阿芬、愛嚼檳榔的阿茂伯、撞破頭殼的老爹、脫光衫褲的愣小子……頻頻閃現在山光水影中，向我深情招手。我與他們悄悄私語、殷殷對望，嘗試著把他們的音容笑貌，流注到我的筆尖與紙張。

但是，紅貴賓呢？茫茫天涯，她到哪裡去了？老阿姨有找到嗎？一萬元能撐多久？慾海無邊、人海無親，可千萬別滅頂呀！

不知為甚麼？我總覺得她會歸來。不管變成甚麼樣貌？遭遇甚麼滄桑？她都會歸來。只要一回來，梅山的鄉親們絕對不會拒她、棄她，還是會扶她上下車、陪她遊雙溪路的。

歲將暮、天將寒，人兮、魂兮，千萬歸來，早日歸來！

（黃敏展／攝）

河溝・白衣黑裙・青春夢

受邀回母校演講，車行匆匆，駛進校門，還來不及凝眸校景、追念往事，已直接站上嘉義女中大禮堂的講臺。

放眼臺下，一片謹守校規的靜默。白衣黑裙的少女們，兩手安放在膝蓋，背脊挺直，坐出了知名女校的氣質與優雅；一雙雙清亮的眼眸，迸射著對來賓的好奇、對演講者的禮敬。

我暗暗喝采，也微微竊笑，心底卻大聲嚷著：「學妹們，辛苦了，妳們就別再『ㄍㄧㄥ』了，學姊我呀！可是過來人呢！」

過來人？

是的。多年以前，我也曾是講臺下的白衣黑裙。

記憶中的演講，往往是：臺上的，臉部缺表情、聲音乏起伏，嘴巴一張一合，放送出生硬的講題、無趣的內容。而來回走動的訓育主任，卻圓睜著獵鷹般的眼珠子，盯住古靈精怪的丫頭，免得她們闖禍、造反……木條椅子硬幫幫，學生們要坐到地老天荒；一張張嘟翹或下撇的嘴唇，把叛逆與抗議全壓制在舌尖上：「哼！又來了，又來訓話或勵志了，能不能換點別的？週會一完，還要考數學、背單字、默古文。你們累不累、煩不煩呀？」

那是青春的煩躁與騷動，雖是看不見的潛流，卻澎湃壯闊，一波波、一浪浪，拍擊著高高的講壇。這一幕，太熟悉了，曾經年年月月，在大禮堂演出，從遙遠的從前到當下的現在。當下的現在，換成是我，我——站在講臺的正中央，面對臺下的歡樂青春、無畏年少。天呀！我要講甚麼？

講甚麼？要講原先準備好的講題嗎？

喔！不！不想了、不要了。青春易逝、年少難再，怎忍心辜負？我稍稍遲疑一下，一個決定猛然攻佔心頭。母校呀！母校！就讓回家的女兒再任性一次、撒野一回吧！

於是，多年之前，那群常闖禍、愛作怪的丫頭們，其中的一個，已經撥開歲月的迷霧，掙脫塵世的枷鎖，興沖沖、笑嘻嘻跑了出來，連蹦帶跳，衝上講壇，撞進我身軀、侵入我靈魂。原本，近校有點情怯的我，開始亢奮、大暴走，徹底現出原形了。

「親愛的同學們，大家好！妳們有位學姊很思念母校、想看看各位學妹們，卻害羞躲在後臺，不敢出來。我去把她請出來，妳們說好不好？」

「好！好！」「請出學姊、請出學姊、請出學姊……」她們掌聲如雷，齊聲促請著！

我飛奔進後臺，匆匆穿上繡有學號的黑色外套，戴起青天白日徽的船型軍訓帽，揹著印有「嘉女」兩個橘色大字的深綠色書包。驀然轉過身，迴轉了千絲萬縷的孺慕與思念，再慢條斯理走回講臺。

我一步步踩著時光的軌跡，悠悠漫漫，卻是終始如一的眷戀。繁華終會消散、流年絕不倒轉。清日麗景中，母校！請縱容一下、寬恕一回！因為久離家園的女兒，即使浮沉於滄桑，磨平了銳氣，也仍頻頻回首，找尋灌注在生命裡的清澈泉源。

講臺下，我的好學妹們，先是一陣錯愕；緊接著，尖叫聲、鼓掌聲、大笑聲，哄堂四起，差一點把屋頂掀掉！

良久，掌聲、笑聲才緩緩稍歇。我轉身、立正，五指並攏、齊眉，對校史上第一位男校長行嚴正的舉手禮：「嘉義女中，民國××年畢業生王瓊玲，向校長及全體師生報到！」

敦厚樸實的校長，被昔日古靈精怪的小鬼嚇到，有些窘迫，回了禮，也紅了臉。而變了裝、重返校園的野ㄚ頭，卻是感動、感慨齊上心頭，不只酸了鼻子、還紅了眼眶。

「學妹們！我有一位敬天惜物的母親，替粗枝大葉的我，收存著穿過的學生制服與書包；我也有一群死黨們，時時相聚，牢牢抓住高中的記憶。所以，現在，我沒甚麼話要訓、更談不了勤學或勵志，只想以學姊的身份，與妳們分享大河溝的故事、白衣黑裙的青春夢……」

臺下又一片嘩然，清純的臉龐，開始浮現一個又一個的大問號。她們往講臺上拋出提問，一題接一題，我接得心忙口也忙：

「從前，不是只有卡其色的軍訓服嗎？也有穿白衣黑裙喔？」

「河溝！在哪裡？校園內？校門外？」

「青春夢！有周杰倫、五月天、甄嬛、都教授嗎？」

「有推甄入學嗎？煩不煩？有大學指考嗎？難不難？」

「要天天補習英數、理化、才藝、作文嗎？」

呀！學妹們！校門前的大河溝——「黑龍江」，早已不見了，徹頭徹尾消失了。

它呀！被蓋上厚實的蓋子，闢成寬廣的馬路。馬路上，莽莽車流，奔竄著城市的繁華；馬路下，流年悠悠，封存著少女青澀又飛揚的彩夢。

黑龍江？妳們問：為啥叫黑龍江？

是的，一條滿載青春印記的河流，為何被取了個難思難解、令人發笑的怪名？是地理教科書上，那條荒瘼的邊陲河流嗎？它與芳華少艾的高女歲月，是何等的扞格與反差呀！怎麼會連鎖在一起？

喔！聽學姊我道來：創校之始，是遙遠的日治時代，大河溝不知是否已開鑿？倘若已存在，旭日軍旗的威嚇下，也冒不出這種「親中親華」的渾名。所以，「黑龍江」應該是反共時期的產物吧！

反共復國？妳們小小年紀，怎能體會那段奮發又慘傷的歲月！且讓我把妳們心底存疑的、口中提問的，都約略講給妳們聽吧！

那時期的校園裡，有好幾位師長，操著濃濃的鄉音：湖南的、陝北的、山東的、福建的、浙江的……來自不同的地區，承受相同的戰亂。幸運一點的，攜老帶小，全家流徙，擠在操場邊又矮又窄的宿舍裡；悲慘些的，就孑然一身，踽踽獨行於校園，孤獨以終老了。

有位高大慈藹的老師，永遠穿著筆挺的中山裝，夏天白色、冬天黑色。他的「包子」與「報紙」完全同音、「孩子」與「鞋子」也沒啥差別；所教的國文、三民主義、公民與道德，再怎麼認真聽，也是頭冒金星。但是，他辦公桌上永遠擺著一列玻璃罐，五顏六色的巧克力、蜜糖球，隨便我們伸手去抓。「好好活著，活著就好，沒啥大不了、沒啥大不了！」是他的口頭禪。即使有同學英數不及格，留級了，哭得一把鼻涕一把眼淚去找他，他安慰的還是這句老話。

有一次，上的是某位古文家懷念慈母的文章。上呀上的，他突然慟哭起來，當著五十幾個小女生面前，捶著胸膛，哭喊著他的妻、他的娘、他的父、他的兒，聲聲淒厲，痛斷肝腸。小女生聽不懂他的遭遇，更不知要如何安慰他，只能陪著他哭，一直哭，哭到下課的鐘聲悠悠響起。

同樣的亂離慘傷，在校門口前、大河溝上，就更多了。

他們——大都是退伍的小兵、逃亡的難民。不識字、教不了書，就進不了校園、住不了矮宿舍；而脫下穿了一輩子的草綠軍裝，若沒有「梅花」、「星星」軍階的加持，竹籬笆內的眷村、花木扶疏的官邸，就與他們永遠無緣。當然，也不是徹底絕緣啦！路過時，他們會聽到竹籬笆內，小家小院傳出了嘩啦啦的麻將聲；偶爾，前任長官也會把他們喚進去，修修剪剪扶疏的花木。

但是，再怎麼樣，人總要活下去呀！

親愛的學妹們，妳們知道嗎？當年，那群亂世裡的小人物，一個個像熱帶狂暴氣流中的小蓬草，被拔、被拋、被甩、被扚……一回又一回、一遍又一遍。等崩天裂地的大破壞慢慢過去了，遍體傷痛的小小蓬草，還是要覓土扎根呀！

但是，他鄉異地的，何處是兒家？

於是，手腳長硬繭、面目已黧黑的他們，靠在一起、幫在一塊兒，像苦旱中，一隻隻相濡以沫的魚。他們撿來了廢木頭當支柱、用稻草稈混著溼泥巴來糊牆；再鋪上鏽蝕的鉛片當屋頂，只壓上破碎的磚塊，就在大河溝的河道上面，凌空搭建出遮風避雨的家。一家又一家，家家克難，戶戶相連。

他們很謙卑，謙卑到只求棲身，沒有佔用到一寸一方的真實土地。屋破敗、人頑強，很多家賣起了陽春麵、餛飩麵。揉進了無邊鄉愁的麵條，真的強韌有嚼勁，蘊藏著千般滋味。我們叫它「河溝麵」。沒吃過校門前河溝麵的，絕對算不上是嘉義女中的學生。

但，大河溝怎麼取名「黑龍江」的？

學妹們，別急，取這個渾名，有它小小的幽默在。

繞城穿巷的大河溝，是下水道、排水溝，本來就清濁合流、泥沙俱下；再加上家庭垃圾、米麵餿水的長期汙染，怎可能不黑、不髒、不臭？偶爾「死貓掛樹頭、死狗放水流」的惡習與惡俗（其實，雖然不符環保又汙染大地，但是，論其本意，也沒那麼惡、那麼壞啦！聽老一輩說，貓喜歡爬高，靈魂爬上高枝後，就可以升天去。狗擅長游泳，丟入水中，牠們可以勇渡苦海，登上極樂世界的彼岸。信不信，隨便你啦！）還會把上下學的青春少女嚇到哇哇慘叫。

就這樣，「黑龍江」——配合著反共旗號、故國之思、髒亂事實，順理成章，被叫得大名鼎鼎、義正辭嚴，在嘉義人的回憶裡「萬古流芳」了。

現在，那一條流過校門口，匯流了歷史滄桑、歇息了亂世腳印、映照過少女容顏的大河溝，隨著時代的進步，被疏浚、整治又加蓋，變成了綠意葱葱的垂楊路。所有的違章建築也全被拆了，拆得乾乾淨淨，了無遺跡。但願，麻雀變鳳凰之後，昔日賣麵的爺爺伯伯們，也都如官方所宣傳的：遷到安全又有尊嚴的地方，安享天年了。

而學妹們，妳們知道嗎？臺灣有過全世界最長最久的戒嚴。解嚴之前，都算反共時期；中間，還重疊著風聲鶴唳的白色恐怖。

他姓蕭，是地理學科的權威，方面大耳的國字臉、矮胖的個頭、結巴的舌頭，是我高三時期的導師。

每天中午，他提著飯盒進教室與我們共餐、也趴在講桌上監督我們午睡。我討厭地理課，最喜歡拿鉛筆在書本上劃「止」字，計算他的結巴次數。嘉女畢業後，我考上了東吳大學，家窮，為了籌龐大的學費，開學前，就先去當車掌小姐（公車上的售票服務員）。蕭老師急匆匆跑到公車總站，抓住我：

「瓊、瓊、瓊玲！需、需要錢，老、老、老師先給、給妳。不可以不、不、不讀書！」

是的，我的高三導師，緊緊抓著我的手，還是一樣的誠懇、一樣的結巴。結巴到讓小小車掌當場淚下。

多年後，老師仙逝了，我卻在文獻資料中發現，年輕時候的他，曾因白色恐怖入獄，卻不卑不屈，展現了滔滔辯才與巨人般的剛強。而我也才約略懂得：政治的無情與「壓力創傷症候群」的可怕。

那樣錯雜的年代，雖然已經戰火稀疏、干戈漸息了，臺灣卻仍舊是軍事強人、野心政客，伸出臭腳丫，恣意踐踏的反攻跳板。所以，白天，隨便彎下腰，撿拾起來路不明的傳單；夜裡，不小心轉到不該收聽的廣播頻道，就會惹來天大地大的麻煩；運氣差一點的，還會抓進牢房，慘遭殘酷的「思想改造」。

但是，芳華少女，怎知世路崎嶇、人情險峻？紅色的威脅、白色的恐懼，在我們烏溜溜的黑眼珠中，僅僅只是淡雲出岫、輕風拂身而已。

當年，我們視為天經地義的事，如今回想起來，是何等的可笑又可悲——例如：每天的清晨與黃昏、每個班級要列隊大唱「為民族、為國家，奮鬥犧牲絕不怕。我們要消滅共匪，復興中華民國！」的軍歌，殺聲震天、進出操場去升降國旗。而「人類救星、世界偉人」的總統蔣公走了，校服變成孝服，衣袖上要纏裹黑紗足足一個月；從臺北移靈到桃園大溪時，遠在嘉義的我們，全校師生還在大操場上，擺設香案，長跪哀泣。就連尋尋常常的國語演講比賽、作文競賽，題目也脫不了「如何保密防諜？」、「青年救國之我見」等等。高三才要上的《三民主義》課本，薄薄的，才上下二冊，在大學聯考中，也佔一百分，與十二大冊的國文（國文課本、中國文化基本教材各六冊），英、數、史、地，也都六大冊的科目，等量齊觀！

所幸，種種荒唐與荒謬，早已隨風而逝，不成氣候了。但是學妹們，今日我們所共享的一切，得之不易呀！

那時候，師長及家長們，都命令我們：埋頭苦讀教科書，不准看課外讀物，以免踩到莫名其妙的政治地雷。甚至，連瓊瑤的愛情小說、金庸的武俠世界，都不准碰，理由是——會妨礙大學聯考的成績。

沒錯！在沒有推甄、沒有指考的年代，大學聯考真的是──一試定終身。龐大的升學壓力，每天急速擴張、迅速膨脹，爬升上了天頂，變成了毒辣的火球，灼烤著每一位白衣黑裙。

十幾萬考生，多如螻蟻；十餘所大學，寥若晨星。僧多粥少的狀況下，要擠進窄門，真的要費九牛二虎、外加兩頭大象的力氣。「三更燈火五更雞」的苦讀是必要的，任何娛樂都是奢侈品、罪惡品，沾惹一下，就會被大人們痛罵：「玩物喪志、自毀前程」。所以，那時的臺灣島，一點也不美麗，簡直像煉獄。

我們被諄諄告誡：聯考寫作文──目的就是要拿高分而已，千萬別掏心掏肝或胡寫亂謅；尤其不能論時事、評官員，否則，就是「眼睛糊到牛屎」，白目兼白癡了。千萬要記得──只要歌頌長江水、眷戀黃河浪，一心追隨老蔣與小蔣、肩挑起復國建國大業，分數就不會太低；放榜時也才不必號啕大哭，跑到孫山之外，去尋找自己的芳名大姓了。

不過，有時候呀！「少不更事」反而是一種福氣，畢竟天塌下來了，還有大人們去撐著、頂著。所以，除了課業厭煩之外，白衣黑裙過的還是天朗地清的日子。偶爾變了天，起了陰霾或降了暴雨，也不會持續太久。

上學，最大的樂趣，是與同學們鬥嘴瞎鬧，瘋成野丫頭。野丫頭真的是瘋狂呀！私底下替每一位老師取綽號：

「鵝頭」——頭殼小、頸子長，說話昂下巴，用大鼻孔看人，兩片往上噘的厚嘴唇，好像隨時會叫出「嘎乖—嘎乖—嘎乖」的鵝籟。沒人記得「鵝頭」的真名真姓。有一次，家長來了，握著他的手，喊得非常親切：「鵝先生，您好！久仰大名、久仰大名！」

阿西——一副大大的厚眼鏡，雙腳踩涼鞋，再穿上大黃大紅的襪子，寬鬆的吊帶九分褲。總覺得再添給他一頂高帽子、點上一撮小黑鬍子，就可以去演卓別林了。

他書教得特好，好到被讚為「數學天神」。而愚笨駑鈍的我，天生就是不可雕的「數學朽

白衣、黑裙、青春夢的無憂歲月
裡面有數學阿西老師、有拿學費叫我去讀大學的高三導師。
（謝淑如／提供）

木」，永遠與數字短路又絕緣。有一天，朽木對天神頂嘴：

「老師，數學那玩意兒嘛！——學了，不一定會；會了，不一定考；考了，不一定對。那麼認真學，幹甚麼？」

本以為天神會大發雷霆、降下慘烈的懲罰，沒想到，他搔一搔亂蓬蓬的頭髮，眨巴眨巴調皮的大眼睛：

「對喔！只要買菜時沒多給一塊錢、沒少拿一兩蔥，就馬馬虎虎了。算那麼清楚，有甚麼用？」

「嘿！老師！這個請您放心。別人是買一顆高麗菜，討兩根蔥；您的學生我呀！可是買兩根蔥，討一顆高麗菜，絕對吃不了虧的！」

那一學期，數學朽木的成績單上，沒出現難看的紅字，不知與這場師生對話有沒有關係？

小青蛙——愛現又愛炫的體育老師。論個頭與長相嘛！堪稱為小一號的藍波或超人。只要一上游泳課，瘋丫頭們就圍著他撒嬌、耍賴、兼起鬨。他呀！二話不說，脫掉上衣，露出六塊結實的腹肌、漂亮的人魚線。噗通一聲！跳下水。蛙式、仰式不稀奇，自由式、蝶式才厲害。當面，我們豎起大拇指，讚美他是水滸英雄中的「浪裡白條」；背後，卻暱稱、笑稱他為「小青蛙」。

有一次，他游完混合式八百公尺，冒出水面，摘下蛙鏡，對著岸上遲遲不肯下水，只會又吼又拍手的壞丫頭說：「要好好練游泳。我呀！到目前為止，已經在蘭潭救過兩個跳下去的、三個跌下去的。」

從此以後，小青蛙騎上了大白馬，變成更俊、更帥、更會放電的夢中王子了。

唐老鴨——又瘦又兇的教官，小眼睛像兩粒米荳，滴溜溜、骨碌碌，專門找叛逆少女的麻煩。他強調：當學生，頭髮就不能燙、不准染，要剪齊、中分，短到耳垂上一公分，左右各夾兩根小髮夾，才合乎校規，不必記警告處分。此外，白上衣要白亮如雪、黑裙子需長過膝蓋五公分，行不搖裙、笑不露齒，才是良家好女孩、名校好學生。

校園內，常常上演「官兵抓強盜」——荳蔻年華、唇紅齒白的愛美女孩們，只因為裙子短了幾寸、頭髮長了幾分，就變成作奸犯科的江洋大盜。唐老鴨一路嗶！嗶！嗶！吹著刺耳的鐵哨子、揮舞著藤條追殺：「站住！妳給我站住！」「跑！看妳還往哪裡跑？」

唐老鴨教官，他呀！絕對是青春的公敵。

有一回，普校同慶的耶誕節晚會。少女們設下了毒辣的陷阱：說盡一堆好話，哄著唐教官要出場歌舞，期盼他呆若木雞或丟人現眼。

但是，小小潑猴的技倆，怎逃得過如來神佛的法眼？他從從容容、欣欣然然，登上了大禮堂的舞臺。平時，常板著一張撲克牌老K臉的他，竟然蹲低了腰身，噘起了屁股，手掌上下相疊，變成扁扁的鴨嘴巴，一開一合、一合一開，收起三顆梅花的軍威，擠出沙啞怪異的卡通聲音：

「呱、呱、呱——呱、呱、呱——我是唐老鴨、她們全叫我唐老鴨！」

接著，鴨屁股左扭右擺、右擺左扭；鴨掌蹼一踏一蹬、一蹬一踏；還唱起了童謠「醜小鴨」：

「醜老鴨呀醜老鴨！嘴巴扁扁眼睛小，脖子短短尾巴翹，走起路來搖呀搖，愛到學校管壞蛋，一天到晚惹厭煩，但他就愛呱！呱！呱！」

兒歌改辭了，小鴨變老鴨！把全校師生唬得一愣一愣。他邊跳邊點名，把平時最調皮搗蛋的丫頭們，全都點上臺，排一大隊在他身後，全要搖臀擺尾、甩頭扭腰，跟著唱他的鴨歌、踩他的鴨步、游他的鴨泳：

「呱呱！呱呱！呱呱呱！游來游去真快樂，就是老鴨帶小鴨……。」

從那次以後，舉頭三尺有鴨神，白衣黑裙更加躲他、敬畏他了！

至於，有沒有偷偷交男朋友呢？

學妹們！那還用問！當然是——沒有。

嘿嘿！沒有「偷偷」，只有「巧巧」與「悄悄」啦！

怎麼「巧」與「悄」呢？

那時候，大嘉義地區流行一句渾話——「花蕊戀春風，嘉女愛嘉中」。分明在嘲笑女生追男生嘛！是可忍！孰不可忍？於是，黑龍江畔的潑辣女，與「黃土高原」的和尚男（嘉義高中位在山仔頂黃土坡，學生們理三分頭，像和尚）槓上了。就在《嘉義青年》、《雲嘉青年》等文藝刊物上，刀來劍往，打起筆仗來。

但是，青春的費洛蒙是擋不住的，越是纏鬥，越有味兒。沒多久，干戈逐漸寥落、情花卻盛開朵朵。

所謂的「巧巧」，就是：明媚春光中或秋高氣爽時，白衣黑裙們，三五結伴，去植物園旁邊的圖書館準備考試。說是苦讀嘛？嘿嘿！埋頭於書本的時間很短；美目流轉、巧笑嫣然的次數卻不少。而且，就那麼「碰巧」：遇到了打筆仗的仇敵，或哥哥、表哥、堂哥的同學。仇敵相見嘛！總要脣槍舌箭一番的，綠木森森的植物園，絕對是爭辯真理的好去處。至於，哥哥或表哥堂哥的帥氣同學，不妨來教教「數學朽木」的三角函數吧！

但是，植物園中，鳥語、花香、樹漂亮，哪有甚麼火氣好爭論？圖書館內，數學朽木又太智障了，不值得浪費時間去指導。這時，又「恰巧」有人提議去兜兜野風、望望野眼。於是，大伙就騎上鐵馬，悄悄地去遊蘭潭、逛彌陀寺了。

「啊！就只有這樣喔！」眾學妹！妳們大失所望、發出哀鴻遍野的慘叫。

但那個年代呀！男女學生丟下課本、結伴出遊去，真的已經像觸犯天條，大人們一知道，絕對會跳腳抓狂的。而小小情侶們，在嚴厲監督之下，相見時難別亦難；再加上沒有E-mail、沒有臉書、沒有Line可以相聞問，也只能把幽幽思慕，全悄悄寫進情書裡去。

情文並茂的情書，可別傻傻的投進綠色郵筒去。像唐老鴨那樣的教官，個個比007間諜還要厲害，不只會攔截、偷拆，還會通報家長，讓小情侶吃不了兜著走。

所以，怎麼辦？沒關係，道高一尺、魔就高它一丈！勤快的郵差大家當，就卯起勁來，互相掩護、彼此支援吧！

有一回，「巧巧」又「悄悄」談戀愛的嘉中與嘉女，三對小情侶，六個高中生，一同約去蘭潭看夕陽。清風徐來、彩霞滿天，如詩如夢的情境下，早就忘記師長與家長、聯考與月考了。潭邊大柳樹下，正好繫著一艘竹筏。四下無人，多情兒女們興高采烈，鬆開草繩，推著從沒碰過的捕魚工具，滑入波光瀲灩的潭中，尋訪蘇東坡的豪放、李太白的瀟灑去了。

第一次撐篙的男生，不到三兩下，長竹竿就插入爛泥巴，死也拔不出來。竹筏失去動力，隨著水流蕩呀蕩、漂呀漂的，慢慢漂到潭心去了。六個屁孩，蹲坐著，一動也不敢動。所幸上天垂憐，波平如鏡。但是，過了沒多久，血紅的夕陽西沉了，皎潔的月亮東升了，月光映水光，一片白茫茫，當然，六張小臉也嚇得白茫茫⋯⋯。

聽說，忍到了下半夜，唯一嚎啕大哭的，是一位身高一百八的大男生。小女朋友拍他、哄他、安撫他，一直到日出東方，光明再現，流浪一整夜的竹筏，才被救難大隊拖回岸上。當然，六個人、六支大過，不多也不少。

多年以後，只有那一對小情侶修成正果。莊嚴的結婚典禮，新郎把兩張「記過通知書」設計成「結婚證書」，恭恭敬敬行三鞠躬禮，當眾宣告：

「沒有當初的示弱求憐，哪來今日的花好月圓！」

是的，年少種種，盡屬輕狂呀！謝謝母校的寬容，謝謝學妹們與我分享青春記憶。我確信，白衣黑裙雖然老去了紅顏，卻褪不掉生命中曾有過的華彩。有了那三年的淬鍊，換下白衣黑裙的我們，才有足夠的愛與勇氣，去迎戰人生、承擔一切。

而親愛的學妹們！韶華匆匆，妳們可千萬要珍愛現在；努力充實大好青春呀！

最後，我再次轉身、立正，五指並攏、齊眉，向校史上第一位男校長行嚴正的舉手禮：

「祝福母校：校運昌隆；祝福全校師生：身體健康、事事如意。嘉義女中，民國××年畢業生王瓊玲，報告完畢。」

俠女老媽

在最艱困的山中歲月，感謝您有勇氣生下我。

您已生了七個小孩，先五女又二男，真的可以不必再添麻煩，多一張小嘴來哭餓喊餓了。雖然，您猶疑過；甚至曾經狠下心不要我過。

當時，您預先準備好兩三天家裡吃的、用的；叫大女兒、二女兒照顧好弟妹，您就單獨出發了。跋涉上下海拔一千八百公尺的汗路，從深山走到梅山去，跟丈夫會合後，就要搭公車去嘉義市，把我處理掉了。

可能是我小命不該絕吧？分來岔去的汗路，像蜘蛛網一樣的複雜，您竟然遇到了外婆。

我的外婆——您的養母，您一向對她敬畏有加。因為，您不只在她臂彎中，一暝大一寸；也在她的藤條下，一日鞭數回。她生過十六個小孩，最小的兒子外號就叫「一斤」，因為：一斤十六兩。她把十二生肖都生足了還重複使用，是飽受多產之苦的女人。但是，她指著您的肚子罵：「我都敢生十六個，妳就不敢減一半，生第八個嗎？」那一頓驚天地、泣鬼神的痛罵，就把渺如塵沙的我，罵到人間來了。

我不知道，當我呱呱落地時，您看到皺巴巴、紅咚咚，醜不啦嘰的新生兒又是個女的，會不會有點兒沮喪？但是，我確信，我這個排行第八，外號「半斤」的女兒，您絕沒少餵一口奶水。

聽說：我出生還不到半個月，有一天，突然不見了。您不慌不忙的翻越大尖山、涉過清水溪，去很遠很遠的阿坤伯家中，把我搶回來。只因為那對熱心過頭的夫妻，自己生不出女兒，就半真半假又半開玩笑的，趁著您去掘蕃薯時，把我從搖籃裡偷偷抱回家藏，希望能弄假成真，改掉小嬰孩的姓氏。您把我緊緊摟在懷裡，很堅定的說：「我敢生就敢養，你們翁婆倆，就死了搶我孩子的心吧！」

四歲時，一個風雨交加的惡夜，我腸胃炎、腮腺炎、氣管炎三炎齊發。住在梨園寮深山的您，一定叫天天不應、叫地地不靈。所以，您把我揹在背上，披上雨衣，拿起手電筒，就走汗路下山了。

您揹我走的是「長湖崎」古道，那條汗路很出名，流傳個臺語的順口溜：「一崁到肚臍、二崁到目眉；三崁上天庭，下不來！」可見是多麼的高聳險峻。然而，就在您登爬陡峭的石階時，我聽到風聲、雨聲，更聽到您一字一句的禱告聲。您懇求了熟悉的玄天帝爺公、關聖紅老爺、黑面媽祖婆、觀世音菩薩、三界公祖；也向您陌生的基督耶穌、聖母瑪麗亞、上帝耶和華求助。您哀哀懇求宇宙諸神，千萬別讓您的小女兒阿玲死去！

您知道嗎？我生命中最早又最深的記憶，竟是高燒半昏迷中，您一路喃喃低語，向天地祈禱的聲音；以及拍打著我的臉頰：「阿玲，不准睡、不准睡。再睡，妳會睡死去！」的悲切力道。

我住院了，就在梅山市街的小醫院中。父親也暫時丟下村幹事的工作以及「公道伯」的使命，陪您守護我。一家三口大手牽小手，與死神進行最劇烈的拔河。

幾天後，您去街上買早餐，一回病房，看到丈夫累睏在椅子上，而小女兒又不見了。這下子，您嚇得魂飛魄散，一路驚叫著，瘋了一樣奪門出去找尋。就在土地公廟的後面，終於尋到女兒了。

那時的我，身穿小小紅衫裙，在一大片綠油油的青草地上，貓低下身子，躡手又躡腳，伸出拇指和食指，想捏住蜻蜓翹起來的尾巴。當時，您仰頭看天，淚流滿面。因為您知道，您的小女兒已經救回來了。

山中的小孩，可能秉氣比較剛健吧！回到家後，我沒有受到「病來如山倒，病去如抽絲」的折磨，反而一下子就回復成搗蛋的小惡魔。

在沒有自來水、沒有洗衣機的年代，端捧著大竹籃子，堆疊著厚重的髒衣服，上下數百層石階去小溪裡滌洗，是您每天的家務事。從前，您一向是用三公尺長的大花色布揹巾，一頭綁在柳樹幹，另一頭綁住我的腰，讓我既不會栽身落水、又可以寬寬廣廣的自由活動。

後來，我開始作怪，不肯乖乖被綁了。您只好一邊低頭搓洗衣物，一邊抬頭監視我。好在，那條清澈又潺湲的小溪，並不怎麼深；我也長高了，就是跌下去也淹不死。就這樣，您溪邊浣衣的艱苦，成就了我獨佔母愛的幸福；而那片原始的山野，更是我探索世界的神祕樂園。

有一天，您突然聽到我的尖叫，可能是「其聲淒厲，不忍卒聽」吧！您十萬火急的丟開衣物，循著戰慄的哭嚎，撥開一叢叢的雜草，尋覓一向膽大妄為的女兒。

真的是膽大妄為呀！四五歲的小女孩，不知怎麼的，竟然去招惹一窩蛇：一隻腳踩在蠕扭動的大小群蛇裡、另一隻腳頓在窩外發抖；好幾條灰黑斑斕的蛇，已經爬上不穿鞋的赤腳丫，並且往腰身、肩膀游上去了。

那種比恐怖電影還驚悚的畫面，沒把您嚇暈，只把您臉色嚇成死白。「別動、別動，閉嘴、別哭！」您一聲聲叫我、安撫我。最後，我完全不知道，您到底是使出哪一門、哪一派的武功？是乾坤大挪移？或是九陽神功？更不記得，您是如何把我抱開那嚇死人的蛇窩？

至今，我也仍然搞不清楚：四五歲的我，是怎麼發現蛇窩、怎麼用手掌探進去抓、用光腳丫伸進去踩，才惹得牠們傾巢出動？牠們為何沒咬我幾口鮮肉、噴射我幾管毒汁？還有，您沾滿肥皂泡的手，怎麼抓得住滑溜溜的鱗身？尤其，您怎麼敢用肉掌，直接抓向一粒又一粒張牙吐信的蛇頭？咻！一隻，丟掉；咻！再一隻，丟掉……就這樣，我所好奇的滑溜溜玩具，一條條被抓住、抽開，鬆解了對我的糾纏、停止了在我身上的爬行，全被您狠狠的拋向遠方。

我只清楚記得：蛇全都趕跑了，您一屁股癱坐在地上，呼呼喘大氣。好一會兒，您才站起身來。但是，手一揚，立刻狠狠賞了我一巴掌。那結結實實的一大巴掌，既疼痛又響亮，打醒了我對爬蟲類的恐懼，今生今世就成不了職業弄蛇人了。

六歲時，我們家從梨園寮搬到梅山街上定居。山上下來的孩子既淳樸又強悍，個個變成了街頭小霸王。我發育早，皮膚黑得像燒壞的木炭，身子也高大，被取了兩個不怎麼文雅的綽號：「黑肉雞」、「躼腳蚊」。

一群野孩子，無惡不做：爬樹、掏鳥蛋、射彈弓、玩尪仔標、彈玻璃珠、打群架、偷摘水果、凌虐小動物，甚麼壞事都做得出來。二哥發育慢，比我矮了一個頭，在兇狠者稱王、弱肉強食的孩子世界裡，挨揍挨打是家常便飯。不過，他也算是識時務的英雄：只要一打輸架，就摀著冒血的鼻子、烏青的額頭，一邊逃命、一邊回頭對強敵嗆聲：

「好膽，別走！我去叫我妹妹來！」

妹妹一叫就會來。

「高強大漢」的我，一定把敵人打到當狗爬。而等到氣急敗壞的大人們，領著鼻青臉腫的「狗」，上我家門來吠叫時，二哥不仗義，早就逃之夭夭了。這時，您一手抄拿起綠竹枝的手勢，就像丐幫幫主黃蓉女俠，抄起了「綠玉打狗棒」。可是，您不打別人家身心受傷的狗，只打自己惡名昭彰的女兒。好一頓「竹枝炒肉絲」呀！

後來，師長、兄姊、親朋好友們常說：若不是您的「竹枝炒肉絲」，炒得好、炒得妙、炒得呱呱叫，說不定，二三十年之後，在報紙或電視的頭條新聞裡，就會出現這樣的報導：「某黑道的大姐頭，外號『黑肉雞』、『躼腳蚊』，今天在艋舺市區，因為幫派火拼，被槍殺慘死於街頭。」

就讀嘉義女中時，因為通勤，一定要搭六點二十分的早班公車，才趕得上七點半的早自習。這沒人道的校規，害得您每天五點鐘，就摸黑起床，為我準備早餐及便當。

某次，餐桌旁，我臨時抱佛腳，口含稀飯、手捧課本，稀哩呼嚕背誦著老師要考的默寫，背得心急如焚、怨氣衝天。那天的月考，當然是慘遭滑鐵盧；尤其是國文科竟然不及格，「死當」得很難看。我那會吟詩作對的文人老爸，氣得七竅冒煙，罰我大聲朗讀〈出師表〉五十遍。

幾天後的清晨，天色同樣黑矇矇。您在燈火昏黃的廚房裡，煎我愛吃的荷包蛋。一陣陣鏟子翻敲的鏗鏘聲、配上滋滋響的油爆聲，我竟然還聽到：「臣亮言：先帝創業未半，而中道崩殂；今天下三分，益州疲敝，此誠危急存亡之秋也……」

您不會講國語、也沒上過正式的學堂，這些硬幫幫的方塊字，是怎麼記進您腦袋瓜的？我不敢問、不能問，只裝做沒聽見。但是，從此以後，諸葛亮變得可愛多了；就連鄭玄、韓愈、柳宗元，也都沒那麼討厭了。

因為家窮，食指浩繁，我常年穿著白衣黑裙的嘉女校服。這世上，甚麼都有、甚麼都不奇怪，憑著我「黑肉雞」、「躼腳蚊」的姿色，竟然也引來了怪叔叔。

那一天，寒流來，期末考也來。我搬了張椅子，坐在屋前的大桂花樹下，一邊曬太陽，一邊讀我痛恨的英文。居高臨下的小學操場，與我家的直線距離不到二十公尺，越過一條水溝、翻過一座石頭牆就是了。

滿口臺灣國語的鄉下姑娘，實在對付不了那二十六個扭來扭去的變形蟲英文字母。我低頭奮戰良久，難得這麼乖、這麼用功，我都快被自己感動死了。想歇一會兒，慢慢抬起頭，赫然看到：有個男人站在操場邊、土坡上，正對著我做出天下最醜陋、最下流的動作。我嚇到魂飛魄散，嘴巴所發出來的驚叫，可能又是「其聲淒厲，不忍卒聽」吧！

您從廚房衝了出來，手裡還拿了亮晃晃的菜刀。我手指著怪叔叔，繼續瘋狂尖叫。您轉頭一看，厲聲大喝，拔腿就追上去。才一百五十公分高的您，一蹦又一跳，竟然就跳過不小的水溝、翻過不矮的石牆，把那個褲襠還打開開，來不及收拾殘局的怪叔叔手到擒來。鄰居們也追上去幫忙，三兩下就把現形露乖的惡徒，押解去派出所嚴懲了。

後來，我向兄姊們鄭重詢問，懷疑您是不是一代女俠，隱姓埋名，藏在王家？

他們捧腹大笑後，所下的結論很一致：「老媽才沒學過甚麼獨門武功，是阿玲妳抬起臉時，太『沉魚落雁』了——連魚都怕得沉下水，把大雁都嚇到掉下地，才會把那個怪叔叔，震撼到腿軟跑不動！」

現在，您九十六歲了，除了耳朵有點重聽之外，醫檢的單子，無論血液、尿液、心肺功能，都沒有不及格的紅字。您最愛向左鄰右舍開自己聽力誤差的玩笑：「有一次，我家阿玲帶我坐高鐵去臺北。阿玲說：『媽！這是板橋，板橋到了啦！』我卻回她說：『放尿？我沒有要去放尿啦！』」

為了生活，您的兒女都在外打拼，實在不放心孤伶伶的您，獨居在梅山的老家。幾年前，外勞的申請比登天還要困難。「巴氏量表」的審核超級無情又嚴苛，讓醫生們不願替九十多歲的您開立需求證明。吃了幾回閉門羹之後，我憂心忡忡。您卻笑著說：「放心！下一回，找個新醫生掛號，說不定他就蓋章簽字了。」

那次，我聽從您的安排，用輪椅推您去坐捷運。一路上，您談笑風生、眉開眼笑。可是，一進了醫院大門，您可能太緊張了，神情立刻委頓下來，在半秒內衰老了二十歲。見到醫生時，您可能突然患了嚴重的「白袍恐懼症」，兩手一直顫抖，抖到沒辦法通過端碗拿筷子的測驗。醫生問您可以自己洗澡、上廁所嗎？重聽的您一定是聽得含糊，才會拼命搖頭。又問起：是不是時時要人陪、事事倚賴人時？您咿咿唔唔，答非所問。於是，十分鐘不到，醫生就蓋了章，證明您需要外勞服務了。

回到關渡的家後，您看我忙著備課、批改論文，就自己下樓去採買。午餐，您做了苦茶仔油雞、燉了梅干扣肉、蒸了馬頭魚。我房間的床單被套被您拆下來，丟進洗衣機洗了；我亂成垃圾場的書桌，也被您收拾得乾乾淨淨了。

南洋好姑娘終於來了。起初，我們擔心會有不適應的磨合期。沒想到，您騎上「賓士超跑」的四輪代步車，帶她出門去兜風；每天領她上菜市場，教她選鮮魚、挑好肉；又按照季節，教她如何種絲瓜、栽麻竹筍、醃雪裡紅。不下幾個月，我們全家都認定：印尼阿麗已完全獲得黃蓉女俠的廚藝真傳；三年後，回去她祖國，開一家臺式料理店，保證門庭若市、川流不息。

然而，阿麗也會找我控訴您的「暴行」。

她說：「小姑姑、小姑姑！妳來評評理！阿嬤每天欺負我，逼我多吃，害我變胖又變重。晚上，阿嬤怕我冷，一直替我蓋被；怕我憋尿對身體不好，半夜還叫我起床上廁所。我愛穿新潮的洞洞褲，她一天拿三次錢給我，叫我去買新褲子。她一直一直不停的碎碎唸：『若是不買新的，這褲子上全是大坑小洞，人家會說是阿嬤虐待妳，打妳罵妳，捏妳大腿，把褲子捏爛成這種醜樣子！人家會說妳多可憐，阿嬤我多可惡！』小姑姑，妳要替我主持公道呀！」

「既然這樣，那妳走人，換別家，去照顧別人的阿嬤好了。」

「喔！才不要咧！我就是喜歡被阿嬤欺負呀！」

我突然有失寵的焦慮，外加有吃醋的酸意。阿麗這可惡的小妮子，既橫刀奪愛又喧賓奪主，不只學了您的手藝、搶了您的關愛，現在，連您的幽默也都學上了。

夜深人靜時，常思索您一身的蓋世武功，到底是從哪裡來的？為何身為親生女兒的我，半點都沒遺傳到、也沒學到？

親愛的老媽！請您認真教給我一點好嗎？您不能只疼阿麗，不疼小女兒呀！

其中有我

賓拉登大戰布希

我的狗兒子，最愛逛超商，一進去就不出來；牠還有一大專長——無惡不作，凌虐親娘。

我有一隻笨笨的毛小孩，正名王小二，字拖把，號抹布，別號賓拉登。又是名、又是號的，怎麼這麼麻煩？誰理妳呀！

嘿！別生氣、別開罵，名號眾多，那可是遵守源遠流長的古文化傳統呢！華人世界裡，誰不好名？自古以來，紅嬰仔一出了娘胎，不知道養得活養不活之前，就先取個「仔仔」、「囡囡」、「狗兒」、「栓兒」之類甜乎乎或土俗俗的「乳名」。到了滿月或過了三個月，確定可以活下去了，為了列名到宗譜裡面，就會請出家族長老，或是祖父、爹爹來正式命「名」。等捱到了二十歲，才算是長大成年，有了自主權，就可以自己替自己取個「字」、命個「號」來過過癮。如果嫌一個字、號，不夠響亮、不夠嚇人，那隨便再取個「又字」、「又號」也沒犯法；若還沒心滿意足，那就再取「別字」、「別號」唄！只要你喜歡，沒有甚麼不可以。等到兩眼閉、雙腿蹬，嗚呼哀哉，裝進棺材了，大家還會再替你取一個總結一生功過的「諡號」，好讓後世罵你或尊敬你。

因此，可憐巴巴的國中生、高中生，可就累歪了。一天到晚，被強迫要死記一大堆的人名字號。甚麼歐陽永叔、醉翁、六一居士、歐陽文忠公，全都只在喊歐陽修。甚麼白樂天、白二十二、香山居士、醉吟先生、白傅（因當過太子少傅）、白文公（諡號：文），全都是在呼喚白居易。還有，你若不知道蘇軾、蘇子瞻、蘇文忠公，都是蘇東坡的話，那慘了、沒救了，國文科準被死當。

言歸正傳，我那隻狗兒子的大名大姓——王小二，可是很有來頭的。王——是從母姓，小——是個頭小，二——是排行。因為牠上面還有過一隻王老大，字皮皮，號兒子，又號日本鬼子的柴犬。王老大走丟了，為娘我呀！哀哀哭了半年，學生們悲憫之心大起，全班五十個人，一人捐款兩百元，就去士林夜市挑買了一隻西施犬回來。

剛送到我手中的狗兒，真的是弱不禁風的「西施」，三天兩頭生病，髖關節、眼睛、腸胃全一樣樣動過刀。是過了整整一年之後，這隻「磨娘精」終於才健壯起來。聽說不管是人是狗，只要名字低賤一些，就會好養一些，所以，我替牠取了個類似「店小二」的名字，再配上個「王小二過年，一年不如一年」的俗語，就是指望閻羅王的生死簿會漏記了牠，讓牠平平安安，長大成犬。

賤名字真的讓牠保住了一條狗命；而我這個姓王的親娘，搖身一變，就變成照顧牠起居的丫鬟、侍候牠出恭的「恭親王」了。每次蹓牠出門陪牠玩，一經過 7-11 便利商店，牠就拗起來，非進去逛逛不可，常和我進行街頭拔河大戰，當然牠從來沒落敗過。

進去超商之後，牠東逛逛、西瞧瞧；這裡聞聞、那裡嗅嗅，眉開眼笑，打死也不肯出來。我越是催，牠越耍賴，常常四腳趴平，任我死拖活拉，活像在幫工讀生擦地板。也因此，店長替牠取了很古怪的號與字——王抹布、王拖把。

王小二又號「賓拉登」，又是怎麼來的？

我關渡家是大樓，有一天，我這個恭親王心血來潮，帶著小二上頂樓陽臺，想曬曬溫暖的春陽、眺望一下姹紫嫣紅的春光。

我一推開厚重的鐵門，小二立刻躍過不低的門檻。接著，慘劇開演了，一聲聲猛獸怒吼傳過來，如雷劈、似山崩。

為娘我，被眼前的這一幕，嚇到魂飛魄散——頂樓不知何時，綁了隻超大隻的西藏獒犬：棕黑色的長毛，蓋頭又蓋臉；豎直起身子來，比我還要高；腰身是我大腿的兩倍粗，體重看來逼近一百公斤。牠、牠、牠……不是會搖尾巴的狗，是會撲殺獵物的雄獅。

王小二是初生之狗不畏獒，竟然沒把這龐然大物放在眼裡。牠完全樂瘋了，用射箭的速度衝過去，撲到大牠至少三十倍的猛獸身上，咬牠的腳掌、啃牠的尾巴，繞著牠一邊轉圈圈一邊吠叫。我不停的喊救命、不停的尖叫，嚇到全身瑟瑟顫抖。

為娘我再怎麼偉大、母愛再怎麼濃烈，此時此刻，也不敢捨身救兒。因為，那隻西藏血統的大猛獸，只要一張開嘴巴，我的一隻胳膊可能就不見了、半隻大腿也可能要跟身體說拜拜囉！

而王小二，完全沉浸在同類相逢的狂喜中。牠伏下前腳，翹起屁股，狂搖尾巴。先是吠了吠，接著，一頭就撞進猛獸懷裡，又鑽又揉、又舔又啃的，只差沒找奶頭喝奶而已！躺著的猛獸，後腳一蹬，來了一招黃飛鴻的佛山無影腳，小二瞬間被踢飛了兩三尺。可是，不知死活的牠，更來勁了，一爬起來就大暴衝，四腳一跳，直接扒到太歲爺的頭上去，捋了捋猛獸嘴邊的鬍鬚；小爪子還直接抓向眼珠子去。那隻獒犬搖了一搖大如畚斗的頭顱，王小二就像一坨泥巴被甩下地，跌了個四腳朝天。

牠還是不死心，再度使出七零八落的武功，撲向那隻被騷擾到忍無可忍的猛獸。這下子，天地變色，血案快發生了。我聽到一聲崩天裂地的大吼，十指趕緊蒙住眼睛，淒厲哭喊：

「小二呀！原諒為娘不敢救你，下輩子，咱們再續母子緣吧！」

咦！怎麼猛獸才吼一聲就沒了？

喔！一定是啃了我的小二，嘴巴滿滿是小鮮肉，沒空閒怪吼怪叫了！我的兒呀！為娘我怎忍心眼睜睜看你粉身碎骨，魂歸離恨天？

我太悲傷了，蒙住眼睛，嚎哭聲響徹雲霄、也貫穿大樓。有人拍了我一下肩膀：「王小姐，別害怕，妳看，妳看看！」

我才不敢看咧！腿一軟，直接癱坐在髒兮兮的水泥地上：「小二呀！你哥哥王老大走丟了，現在我又失去你了。我是天下最差勁、最無路用的親娘！」

「王小姐，別怕，別哭！我們家的布希，既不咬人也不咬狗，妳睜大眼睛看看、看看呀！」

我稍稍扳開蒙在臉上的手指，從指頭縫裡往外瞧。嘿！馬上破涕為笑，笑得像瘋子一樣。

原來大狗不記小狗過。雖然被小不點鬧到煩得要死，大猛獸卻只是示警的吼了幾聲；接著，不知是使出「迅風擒拿手」的功夫、或「急雷制敵掌」的招術，牠大手腕一拍，就輕輕鬆鬆把小搗蛋壓制在地上。

「識時務者為俊傑」，小壞蛋當不了大俊傑，只能當求饒的小癟三：牠立馬裝可憐，哀哀哭泣、嗚嗚求饒，一副下次再也不敢了的可憐狀。接著：四腳朝天，就地就打滾，露出嫩嫩白白的小肚皮——那是狗族們卑躬屈膝的臣服動作。

那隻大猛獸，不知是天性善良或訓練嚴格？真的就寬宏大量起來了。不只饒了小壞蛋，還伸出比我手掌還要大的長舌頭，愛憐的舔起王小二。唰！唰！才舔了兩下，小壞蛋全身就溼淋淋了。

鄰居走過去，抱起王小二歸還給我：「王小姐，對不起！妳不認識我家的布希。牠呀！可是通過大樓管委會認可，整個社區都喜愛的大玩偶！」

我拎著滿身臭口水的兒子，不得不帶牠回家洗澡了。下樓前，我忍不住再問一遍：「你家的大獒犬叫甚麼大名？我沒聽清楚。」

「叫布希！跟美國前總統一模一樣的名字——布希。」

自從王小二戲耍布希的事件傳開了之後，牠就得到了另一個外號：恐怖份子——「賓拉登」。

這名字挺嚇人的，但看來，只嚇到牠的親娘而已！

妖姬——想上我的單身女子雙人床

梅姬——妳這不可理喻的妖姬

很正經的告訴過妳
我熱愛寂寞、我習慣秋涼、
我享受獨酌獨飲的歡暢。

溫柔情人嘛！
有，雖好；沒有，也無傷
但 絕對拒絕火車癡漢、抵制落草強梁，
雖一向支持彩虹同志，
卻從沒穿過蕾絲衣裳。

妖姬呀！
妳對我

是好奇？是試探？
或者，單純鬧一鬧，排遣無聊時光？

站講臺，拿粉筆，讓口水淹大水
俯首或橫眉，我都自得自樂不徬徨
教師節，勞工假，放不放？
哪有甚麼傷？甚麼妨？

妳卻捲襲太平洋，躍過中央山脈，直奔我門房
從　細語搔擾　到　咒罵叫囂
從　推撞鑽縫　到　拍打踹踢
妳的攻勢，淩厲固執，無比猖狂
我只能　左閃右殺，固守城牆

阻妳於門外，擋妳於咫尺
愛與恨，纏綿或火爆，
都請贈予那空曠，回歸那洪荒

一整夜，攻防慘烈，
無星　無月　無燈光
所幸，意志堅定，沒有輸慘賠光
水桶、抹布、沙包，
幫我守住清白
桌上　床上　都無恙

妖姬　鳴金而退，含恨撤兵
臨去，揮一揮衣袖
卻發現　無雲彩可攜

於是，恨沉沉、罵咧咧，
扒下整片門皮
再傳令風將軍、水元師
持續挑戰我的貞節門坊。

二〇一六年九月二十八日教師節，梅姬颱風過境，中正大學風狂雨暴，我宿舍後門的門皮，被扒下一層，破了大洞，不得已擦水擦了一夜。累死人了。戲作此文，聊以自嘲——在中正大學學人宿舍。

拯救電腦大白癡

自從站上講臺、執起教鞭，多年累積下來的學生總量，應該超過三千眾，不輸給偉大的孔老夫子了。而歷屆的小桃子、小李子代代口耳相傳，送給愛美、愛炫又愛作怪的我兩個封號：「瓊玲佳人」、「孔雀公主」。合起來簡稱為：「孔雀佳人」。

阿彌陀佛！善哉！善哉！莘莘學子們秉性良善、童叟無欺；何況，我所循循善誘的，也不是講求臉皮厚、心腸黑的「厚黑學」。所以，此名實相符的封號，必然出自他們溫、良、恭、儉、讓的肺腑深處，絕對沒有一絲嘲弄、半點虛假。

佳人我，對於他人的讚美，一向是照單全收，加倍想像，且絕不奉還的。正當我喜上眉梢，大感教育有成時，幾個被我納入情報組織，堪稱狗腿的心腹學生，卻傳來了晴天霹靂——小桃子、小李子們，表面上，雖然對我執禮甚恭，但是在背後，竟然欺師又蔑道，喊我：「電腦白癡」、「今之古人」。

後生小子，指鹿為馬，真是天人共憤。但身為人師，大人必須不計小人過，既不能以口舌相責，也不能用分數相威脅，只能私下暗暗飲恨。而午夜夢迴時，捫心自問，孩子們說得也沒大錯。面對正方形的螢幕怪物，我真的與白癡相差不遠——我不知道「桌面」要如何設定？人肉是怎樣搜索？壓縮的「包裹」需如何打開？而且，只要文件檔案一消失，就四處呼救的慘狀，一星期總演出個七八回。

但是，小桃子、小李子們，還是觀物不精，輕蔑了師尊的非凡能力。因為我不只是電腦低能兒，還是百分之一千的「機器白癡」，絕對稱得上是誤闖時空、流浪於現代都會的山頂洞人。

前些日子，新買不久的洗衣機，就「一例一休」，怠職又罷工。我按遍所有的按鈕，它都無動於衷。絕望之餘，只好大費周章，請師傅修理。來按門鈴的大男人，一手提著雷鑽、一肩掛著電線盤；腰間圍著插滿大刀、小刀、螺絲起子、老虎鉗、鐵把手的帆布腰帶，像拯救斯民於水火中的偉大天神。我肅然起敬也悚然心驚——我、我、小女子，只是要修理洗衣機，不是要搞爆破、拆房子的呀！

我好端端的，難道花容失色，臉上又浮現「大白癡」三個字嗎？為何天神一看到我，嘴角馬上浮現一朵詭異的微笑。接著，用不屑的眼神，掃描了我家的後陽臺，再用個超級誇張的大動作，重新插好牆上的電插頭，便喜吱吱、笑咧咧，領了我的五百元大鈔；臨走時，還對著我滿牆滿櫃的書籍搖搖頭、歎了聲大氣。我攤開手掌、聳一聳肩膀，故作風趣地問他：

「怎樣！無可救藥對不對？」

他竟然無比鄭重、非常用力的：點－點－頭！

總統大選之後，那句流行於大街小巷的好話：「謙卑、謙卑、再謙卑」，這老兄一點也不遵行，真是令人心寒又齒冷。這樣子的莽夫俗子，無疑是絕佳的負面教材。課後閒聊，我當然拿出來批判一番，好讓青青子衿們「見不賢而內自省」。

小桃子、小李子聽了之後，非但沒有同仇敵愾，反而哈哈大笑；順勢還半掩嘴巴，賊不啦嘰的傳起悄悄話。我雖是大近視，兩眼不清，但雙耳尖銳，絕對聽得分明。他們說的是：「看來咱們老師需要的：不是老公，是水電工。」

此話正中我心，總算平日沒白愛、沒白疼，就大大讚許他們的嘉言懿行來。不知怎麼搞的？幾個小女生卻生氣了！掄起花拳繡腿，朝大男生又踢又打的。男生們抱頭鼠竄，但笑得更賊不啦嘰了：「我們只說是水電工，又沒說是『臺灣水電工』！」

等我搞清楚「臺灣水電工」名叫阿賢，是筋肉虬結的猛男，主演過不少網路瘋傳的限制級影片時，可惡兼可恨的臭男生，早就鳥獸散，逃之夭夭；想必下學期也不敢來修我的課了。

是可忍！孰不可忍？號稱佳人，怎可輕易被水電工欺負、被臭男生唐突？於是，我發憤圖強，下定決心，至少要從舊石器時代，進步到仰韶文化吧！

但是，天生劣質，再怎麼努力，也是徒勞無功——花了三個小時，仍換不好一個小燈泡，還扎破手指頭，搞得鮮血淋漓。真是天何言哉！天何言哉！目前，家中裡裡外外，已累積五個大小燈泡不亮了。佳人我，精打細算後決定：等全家淪陷，完全進入黑暗時代，再恭請那位令我膽顫心寒的師傅來修理。嘿！嘿！物價及工錢都上漲了，自尊心總不能不漲！何況，黑暗就黑暗，黑久了，或許就不暗了！

電腦對我而言，僅僅代替了紙筆，純是寫字的工具而已。自從擔上了「學者」的虛名，就走向悽慘的不歸路。臺灣的教育體系，樣樣只求實效、事事只看評鑑。壓力與壓榨，雙管齊下，我的羽毛早已褪盡華麗，從孔雀變成了火雞了。雖然，偶爾還傷一點春、悲一下秋，卻早已沒有獨上西樓的幽思、更缺乏大江東去的豪情了。日日夜夜，我只有對著電腦螢幕，思索、尋覓並鑽研古典小說的枝枝節節，就這樣「拋擲」了短促又可貴的年華。(我警告自己，絕不能寫出「浪費青春」、「耗蝕生命」二詞，因為不只內心會淌血，也不能再板起臉，訓斥研究生，逼他們埋首寫論文了。)

幾年前，六月六日，不肖如我，竟也升等為國立大學的正教授。那天，也正是我的生日。(幾歲當然要保密囉！)消息傳來時，我長坐書房，不喜不悲、不哭不笑，只盯著又愛又恨的電腦發呆。粗略算一算，從學士到博士、從講師到教授，竟然用壞了好幾臺方型怪物，寫了將近一百七十幾萬字的學術論文。不管是珠玉也好、糟粕也罷，全是我一字一句，用最原始的「ㄅ半注音輸入法」敲打出來的。

再回首，恍然如夢！而攬鏡自照，佳人我已經像李後主他爹爹李璟所寫的詞：「菡萏香消翠葉殘，西風愁起綠波間，……忍與韶光共憔悴，不堪看！」了。

沒辦法！一個目標的達成，必然是一大段生命的失落。再怎麼追悔，也追趕不上、後悔無路了。

往後幾個月，我陷入空茫的情緒裡，日子過得蕭瑟又乏趣，應了洋鬼子蕭伯納所說的：「人生好比是鐘擺：擺過來是無聊、擺回去是痛苦。」

後來，我發起狠、賭起拗脾氣，將整座電腦蓋上塑膠布，實施徹底的封機。這麼幼稚的遷怒行為，到底是洩憤或救贖？自己也搞不清楚。但沒想到，封機後更悲慘：生活的空乏，造成形體的憔悴；無目的的浪遊，更讓我精疲力盡。看來離槁木死灰，真的不遠了。

後來，我深刻反省：即使孔雀變成了火雞，還是可以咕嚕！咕嚕！代公雞司晨，或潑婦罵街去的呀！怎麼可以自我陷溺沉淪？倘若不趕緊自立自強，則向上愧對髮白如雪的娘親、向下罩不住作姦犯科的狗兒子；中間則無法執教鞭，春風化育小桃李呀！

於是，不管是孔雀開屏或火雞亂啼，我再次的發憤圖強，重新開機，決定用舞文弄墨來消除積鬱。不只如此，既然號稱佳人，按規定就要多才多藝。琴、棋、書、畫，那些古玩意兒，我樣樣都不精通，乾脆就直接放棄。但是，電腦是現代化的指標，主宰著人類的生活機能、生命功能，怎能不熟悉？

好！就夙夜匪懈，電腦是從，早日洗刷大白癡的惡名吧！

於是，佳人我，啟動高昂的戰鬥指數，踢起正步，唱起軍訓課學來的軍歌：

「我現在要出征，我現在要出征，

我若是打不死，定會回家來享福……

倘敵人不來欺負我，怎會拼小命？

但電腦全部檔案，都需要我保護

我所以要出征，就因為這緣故

哈啦～哈啦～哈啦～……」

唱著雄壯的軍歌，我好比唐吉珂德，厲兵秣馬，高舉長矛，準備迎戰畢生的強敵——電腦了。

我一向自詡自誇，從小就「吾少也賤」，接受過「多能鄙事」的完美訓練，粗手粗腳，自然不在話下。雖然，社交場合，伸出青筋暴露的「雀爪」與人握手時，難免有一絲絲尷尬。但是，陪我打天下，力可拔山兮的雙手，絕對是我自珍自豪的好寶貝。

沒想到，人算拗不過天算，我心愛的寶貝，在需要破陣殺敵的緊要關頭，卻突然嬌若柔荑、弱如春柳起來：既抓不住盾甲、也提不起長矛；甚至連梳個頭髮、扣個鈕釦，都疼到讓我哭爹喊娘。

於是，與電腦大戰的結果，「王」師敗績。慘敗的程度，可以比擬《左傳》裡，秦晉殽之役，秦兵被殺到「匹馬隻輪無返者」的劇烈。

兵敗如山倒，全軍覆沒了，佳人只好蒼蒼惶惶的逃進白色巨塔。

「妳兩手的手腕關節，都長了『腱鞘囊腫』，一定要開刀了。先開右手，再開左手。」而被判定的病情導火線，竟然是——「打電腦打太多了」。

「醫師！我很勇敢，可以兩手一起開刀的。」壯士都敢斷腕了，區區小手術，佳人我決不拖泥帶水，徒留笑名。

年輕英俊的醫師似笑非笑：「嘿！小姐，妳很勇敢。但是，妳不想留一隻手，好洗澡、吃飯、上廁所嗎？」

天呀！他還對我眨一眨眼睛。但願我不是「眼睛業障重」，錯看了。

「我猜——妳一定是傑出的科技新貴，終日與電腦為伍，忙著設計新產品、新程式，才會患這種職業病。」

好耶！這是我今生所戴過的最高帽子。

美言還是不能當藥吃，吃了也不能止痛。我右手先開刀。一挨完刀子，整隻手掌，腫脹如德國豬腳；五隻手指，膨大如美國火腿；還要纏裹著白紗布、彈性綳帶；脖子上掛垂下大三角巾，層層戒護。回家後，拿筷子有如舉啞鈴，只好用湯匙舀飯吃；還動輒哀嚎，求人相助，足足當了一個月的半殘障人士。

如今，右手好了、左手卻嚴重發作，日日刺痛如針扎。我只好橫下心腸，掛好病號，準備再去拜見那位帥哥醫師了。

但是，佳人一向勇於認輸，卻絕不投降。疼痛中，激盪起堅強的鬥志，又第三度發憤圖強，坐到電腦前了。唉！原因無他，為的是——半殘障的日子太無聊了。

雖然這篇拙作，只是有病呻吟的記錄；論其質量，只可以當塞塞桌腳、墊墊便當的廢紙。但是，天可憐見，它可是我用最原始的注音輸入法，忍著左手的疼痛、右手的呆笨，一字一句敲出來的。

其行雖愚、其情可憫呀！

縱然，連戰連敗，大家都已經習以為常（真情發誓：絕對沒有影射政治人物），但是，拯救電腦大白癡的聖戰，既然已經開打，而且敗、敗、敗，已連三敗，佳人仍然不排除有第四五次、第六七回發憤圖強的可能。

屢敗屢戰！我一定會全力以赴的。

來點掌聲吧！

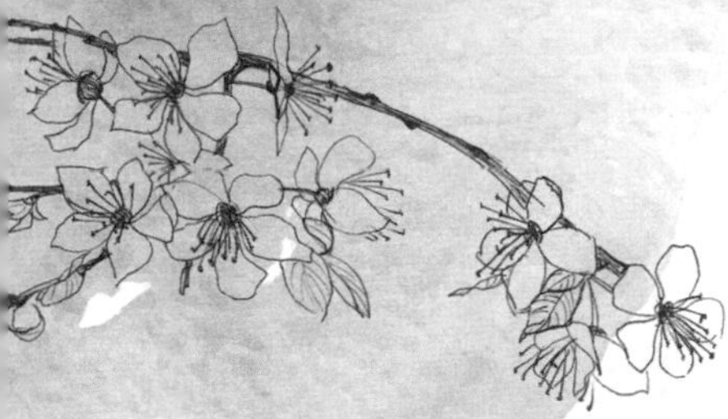

我的寫演不歸路

說明：二○一四年十一月十一日，我的小說《美人尖》在中國大陸發行簡體字版。這是接受新聞媒體訪問時的問答。內容談及學術研究、藝文創作的心路歷程。

一、您是從二○○九年開始出版小說創作的。此之前，一直致力於研究古典小說，是甚麼樣的契機讓您轉向文學創作的？

王瓊玲答：

我從小愛聽故事、愛講故事，凡是有情節、有人物、有趣味的故事都會深深吸引住我。所以，從小學到大學，從學術研究到藝文創作，我都選擇小說，成為自己日夜相陪伴、不厭又不倦的最愛。

說一件好玩的小事：我所任教的國立中正大學，是全臺灣網路票選最美麗校園的第一名。拿到教育部「教授證書」的那一天，美麗的校園突然急風暴雨，雷電閃閃。我既沒穿雨衣也沒帶傘，只好把教授證書像寶貝一般的藏進衣服裡，再快速衝呀衝的，跑進自己的研究室。

關起門後，站在大鏡子前面，我被自己從頭髮頂溼到腳趾尖狼狽的樣子嚇了一大跳，先是忍不住哈哈大笑，緊接著，鼻子一酸，淚水竟然嘩啦啦！一直冒出來，止都止不住。

我讀博士學位，專攻古典小說的研究。從小講師幹起，到副教授到升上正教授，寫了五本學術專書，發表百餘篇的學術論文。我是臺灣世新大學中文系的創系系主任、我規劃並主持國科會的「世界華文文學資料典藏中心之建立、及網路設置計畫」；並撰寫了教育部「提昇國語文基礎教育——古典與現代、傳統與本土的融合」兩項跨界跨院校的大型整合計畫。

這條學術之路，一路走來，真的是漫長又艱苦。但是，綜合起來，我還是幸運的、所有的努力沒有白費，樂大於苦。所以，我究竟在哭些甚麼？自己也莫名其妙！

但是，痛痛快快哭完一場後，我對著鏡子裡面那個披頭散髮、滿臉淚痕的怪女人微微一笑，很開心的向她說：「之前，妳探索古人、研究古典小說；現在，妳要觀察現代人、創作現代小說囉！」

於是，我壓抑很久的創作慾望爆炸了，一篇又一篇，一本又一本，到目前已出版四本創作，三部小說：《美人尖》、《駝背漢與花姑娘》、《一夜新娘》；一部散文集《人間小小說》。（註：二〇一七年五月，我又出版了長篇小說《待宵花——阿祿叔的八二三》、以及散文集《人間小情事》。）

我寫得很盡興、很快樂、也很痛苦，因為每一則故事，都是從我生命與記憶的最底層挖掘出來，赤裸裸的凝視它、與它揉搓、與它對話，甚至，與它溶解、與它同化。小說中，每一個角色的命運、個性、人生，我都必須進去一回，體會一遍。我是血肉之身，為了寫作，常常搞得徹夜失眠，甚至遍體鱗傷。

臺灣有句俗語：「認真的女人最美！」

我不美，但是，我真的是很認真。

總之，我感恩學術研究與教學工作，讓我可以安身立命；也期待每篇小說與散文的創作，能讓我發光發熱。

二、是不是可以這樣理解：《美人尖》乃至其他小說中的人物，都來自於一個個活生生的人？您在創作的時候，賦予了他們怎樣的情感？

王瓊玲答：

說起我的小說創作，要從我的故鄉——臺灣的梅山談起。

梅山是阿里山山脈的分支。它是高山冠軍茶的故鄉；也是檳榔、柑橘、竹筍、梅子……的盛產地。十八個小小村落，就散佈在海拔四十到一千八百公尺的平林與山野。真切的人生故事，隨著歲月的嵐霧，繚繞過阿里山，流淌過清水溪，再從鄉野耆老的口中，悠悠傳誦出來。我這個後生晚輩，靜靜聆聽著，悄悄收藏到心靈深處，再去發酵、去塑成，終於，我創作出第一本小說集《美人尖》。

《美人尖》小說的地理背景，集中在阿里山、梅山；所有的主角，都是真有其人、確有其事。透過這些真人真事，我再加上人為的改寫、藝術的創新，希望讓他們的愛恨情仇，更活潑、更具體、更感人的呈現在讀者面前。

現實的世界我很眷戀、很擔憂、很憤怒、也很不捨。所以，我現在暫時不寫虛構的情節、不寄情魔幻的世界，先用熱眼熱心去擁抱土地與人們，也用冷眼與冷筆去描繪他們、反思他們。

我堅決相信——人性當中，只要有一點點悲憫存在，這世界就會朝向光亮與溫暖前進的。

三、《美人尖》中阿嫌這個形象，真的是人如其名。成婚時的遭遇讓人心生同情，婚後與婆婆、丈夫、甚至子女的爭鬥卻也讓人心生厭惡，直至老來晚景淒涼。您創作《美人尖》時，是出於怎樣的感動？

王瓊玲答：

《美人尖》的阿嫌——美麗與尖銳的綜合體。

她不是我想出來、寫出來的；是從濃烈的鄉土裡生出來、長出來的。她一生的勇敢、堅忍、甚至殘忍，絕大部份是被一股腦倒向她的古傳統、舊習俗誘出來、逼出來的。

寫她，我常寫得淚眼模糊、擲筆而歎；想她，我常想得不寒而慄、徹夜失眠。她大剌剌又活跳跳、她殺騰騰又火燙燙；她可以舞刀動槍去衝鋒陷陣，哪怕敵人是「額頭叉」或「洗門風」的惡俗！哪怕要廝殺的對象，就是自己的兇婆婆或親兒孫！她有膽識變賣祖產，創立「綠色黃金」的茶葉王國；也可以賃屋獨居，面對貧弱交迫的人生終點。她可以在險絕的環境裡，揹負起丈夫中風的身軀；但也不忘用摑掌、用腳踢，發洩她照顧癱瘓病人的委屈。

沒人疼、沒人惜、凡事一肩挑、一人扛的艱困歲月，雖練就了阿嫌風裡來、浪裡去的一身功夫，卻造就不出她寬厚闊達的胸襟。所謂無怨無悔、任勞任怨的女人美德，她既沒讀過又沒看過，怎能怪她恨天怨地、罵人傷人呢？

她——「阿嫌」，就僅僅是一位凡間的女子！

但是，這位凡間的女子，畢竟是特殊的、撼人心絃的！

所以，我寫了她，也請讀者們好好體會她的外在的行為、內在的世界。

四、《美人尖》被臺灣豫劇團改編為二〇一一及二〇一四的年度大戲，由豫劇皇后王海玲出演，並在大陸幾個城市進行了演出，可見劇情與人物塑造的深入人心。能否講講演出時的一些故事？順便介紹一下臺灣豫劇在臺灣的情況（歷史及現狀）？

王瓊玲答：

臺灣豫劇團是國際知名的表演藝術團體，成立於一九四九年，它汲取了河南母鄉的營養、廣納臺灣本土的資源、又吸收了國際藝術的芬芳，至今六十多年。一甲子的歲月，累積了極佳的聲望與力量。

《美人尖》是一部小說集，它由一部短篇小說〈含笑〉、三部中篇小說〈良山〉、〈美人尖〉、〈老張們〉所組成。

到目前為止，《美人尖》已經被改編成兩齣戲劇了——二〇一一年的【美人尖】及二〇一四年的【梅山春】。（註：【梅山春】是由〈含笑〉與《駝背漢與花姑娘》中的〈阿惜姨〉融合改編而成。）

【美人尖】、【梅山春】兩部舞臺豫劇，都是經由臺灣文化大學戲劇系教授劉慧芬，以及柏林影展最佳導演林正盛的精彩創發，巧妙結合臺灣本土小說、傳統河南豫劇、國際電影多媒體等三大元素，並且由海峽兩岸公認的豫劇皇后王海玲來主演。

其中，【美人尖】還代表臺灣，參加在重慶所舉辦的亞洲藝術節；短短半年內，巡演海峽兩岸十多場。兩齣戲都贏得無數的掌聲，也引發人們對藝術與人性的深刻探討。

豫劇【梅山春】，則從臺灣南端的高雄、臺南、彰化演起，刻意挹注美好的藝術營養給南臺灣的縣市；把真人真事創寫成小說、擴演成戲劇的感動，奉獻給南部的鄉親；回到嘉義原鄉演出時，人潮更是擠爆了劇院，創下臺灣傳統戲劇在室內演出的最盛大記錄。

五、很多讀者都提到，從《美人尖》女主角阿嫌的身上，看到了張愛玲《金鎖記》裡七巧的影子，是不是有向張愛玲致敬的成分？您個人最喜歡的作家是誰（古今中外）？

王瓊玲答：

我特別喜愛張愛玲的文筆，一直是超級狂熱的「張迷」。

很多人喜歡把《美人尖》對比《金鎖記》、把「阿嫌」對比「曹七巧」；甚至，把《美人尖》取名為「臺灣版的《金鎖記》」。這些，我不反對，甚至感到光榮無比。但是，美麗又尖銳的阿嫌，更是命苦呀！她一輩子嫌人，一輩子被人嫌，一生都在仇怨中打轉，沒真心愛過任何男人，她連一個「曾紀澤」也沒有。阿嫌所生的兒女，也沒一個像長安、長白那樣軟弱好欺負的。（註：《金鎖記》中，曾紀澤是曹七巧的小叔，也是她一生唯一愛過的男人。長安、長白是曹七巧的一兒一女，被母親折磨到人格扭曲。）

我喜歡的作家及作品太多太多了，從寫小說的曹雪芹、吳承恩、黃春明、白先勇，到寫詩詞的李白、李後主、余光中、鄭愁予。此外，莫言、嚴歌苓、余華、莫泊桑、馬奎斯、川端康成……我也都細細的看、認真的讀。

如果，一定要挑出第一喜歡的，那請容許我選兩人——曹雪芹與張愛玲。至於蘇東坡，那、那——不是喜歡，是愛上了。（哈哈！一下子點名三位大文學家，我很貪心又很多情吧！）

六、讀您的小說，很容易聯想到齊邦媛的《巨流河》。以小人物的悲歡離合去折射臺灣的變革。與其他的臺灣本土小說相比，您希望表達出怎樣不同的情懷？

王瓊玲答：

齊邦媛教授所寫的《巨流河》，真的見證了戰爭的無情、歲月的動蕩與知識份子的擔當。我非常尊敬齊教授，她有如經歷一番澈骨寒之後所開出來的最燦爛、最清香的梅花。

但是呀！臺灣這個小小的海島，雖然物產豐富、山川壯美、人情溫暖，然而，自古以來，臺灣不只有大江大海的沖擊、有巨流河的洄旋，還有地震、颱風的天災與族群爭鬥的人禍。所以，人們要存活，就要付出艱苦的代價。

在《美人尖》、《駝背漢與花姑娘》、《一夜新娘》小說中，我以小人物作為書寫的對象，寫他們與天地相抗與相融、寫他們與別人互鬥也互助。

我相信——真愛真心人人有，只是愛的表達、情的呈現，不一定人人都正確、都恰當。只要稍稍出了岔、偏了道，真愛就有可能變成戕害，真心也只惹出傷心了！

但是，我所看到的臺灣純樸小人物，再怎麼慘遭生命的油煎火熬，還是會努力為自己、為別人追尋正向的能量。這也是我努力去理解他們，把他們有血有淚的人生寫進小說，演成戲劇的主要原因。

我也認為——「本土」只是小說的素材，是寫作的切入點；我盡全力要寫的是「人性」。我不要只當「本土作家」，我更要努力當「人性作家」。

沒錯，我是努力用小人物的悲歡離合，來映照歷史、來折射文化、來描繪民俗風貌……畢竟，任何人的一輩子，都是打滾於土地、糾纏於他人，並且脫離不了整個大時代的命運與文化的。

而最能折射映照大中國近代命運與痛楚的，應該是我《美人尖》小說集中的第四篇〈老張們〉吧！

常常有被戰爭逼到臺灣落腳，現在已八九十歲的老人、老兵；或是老人、老兵的兒女或孫子，寫長長的信給我，告訴我那篇〈老張們〉的小說，讓他們有多麼感動。甚至，他們常常在聽完我演講之後，抱著我痛哭。白髮蒼蒼的老人家淚流滿面的告訴我：「俺想家、想親娘！可俺一直回不去呀！等到可以回去了，家沒了、娘死了呀！」而紅著眼眶的中年人、年輕人，常對我說的是：「我的爸爸（或爺爺）就是被抓伕來臺灣的，謝謝王教授妳寫出他們的愛與苦、他們的平凡與不凡。」

我常常想：〈老張們〉的故事，是海峽兩岸很多人共同的痛，而痛過了之後，我們一定要尋回愛，不要再有傷害了、不要再有傷害了！

七、王教授，您的小說一直由別人來改編成戲劇，不知您有沒有想要親自操刀，自己來擔任編劇，拓展您的藝術天地？

王瓊玲答：

對我而言，口說故事、手寫小說，或是進一步編創傳統戲劇、歌劇、舞臺話劇的劇本，都是一種心靈的挖取與探索、人物事件的重現與創造。

簡單來說，它們同樣都是「敘事藝術」，只是採用不同的方式：口講、手寫、演出而已。雖然，不同的敘事方式，就有不同的要求及展現，但是，最重要的部份是相通又相同的——都是要感動聽者、感動讀者、感動觀眾。

我熱愛敘事藝術，所以，必然走入編劇的不歸路。目前，請暫時容許我保密，等時機一到，大家就可以在舞臺劇場，看到王瓊玲所編劇的不同戲種與劇碼。也期待大家多多批評指教。

今天，謝謝王教授接受我們媒體的深度訪談，祝您《美人尖》首發會成功順利，也祝福您的寫演人生，精彩無比。

王瓊玲答：

謝謝所有媒體朋友的採訪，祝福大家：闔家平安、宏圖大展。

附註：此篇訪談之後，王瓊玲編創或小說原著的戲劇，計有：

1. 新編崑劇【韓非・李斯・秦始皇】：

二〇一六年，王瓊玲與臺灣中央研究院院士曾永義教授為崑劇界三鉅子：李鴻良、柯軍、張軍（按姓氏筆劃）量身創寫，擬為崑山崑劇院、崑山崑劇團的開院、開團大戲。

2.新編京劇【齊大非偶】：

臺灣京崑劇團，二〇一七年三月三十一日、四月一、二日，臺北城市舞臺首演。

3.新編客家採茶戲【駝背漢與花姑娘】，王瓊玲小說原著、編劇：

榮興客家採茶劇團，二〇一七年十一月三、四、五日，臺北國家戲劇院首演。

4.新編歌劇【望風亭戀歌】，王瓊玲小說原著，陳兆南編劇：

謝元富藝術總監，二〇一七年十一月起，首演暨巡演。

5.新編話劇【一夜新娘】，王瓊玲小說原著，黃致凱、王瓊玲編劇：

故事工廠劇團，二〇一七年十二月，嘉義縣表演藝術中心讀劇演出；二〇一八年起，正式首演暨巡演。

序彩人生

所以，史事中有疑義處、模糊處、爭論處，正是編劇時可以天馬行空的發想處。例如：舉世公認的淫邪女子——齊公主文姜，與兄亂倫、謀害親夫，照理說應該要遺臭萬年，可是，為何決定她一生功過、死後所追贈的諡號，卻是讚譽有加的「文」？這是千古以來，眾說紛紜的疑案了。

又如：鄭太子忽出征，掃平北戎之亂，功在齊國，卻為何拒絕通婚結盟？還甩了齊國一個耳光，說出了「齊大非偶」這句既謙遜又嚴峻的託詞？且鄭忽兩度拒婚的對象，難道都是文姜公主嗎？

而鄭忽從小看到父親鄭莊公，巧設連環計，追殺叔父、囚禁祖母，「鄭伯克段於鄢」這場骨肉失和、手足相殘的慘烈戰爭，會不會烙下他疼痛的傷痕？啟發他一生的警惕？是否也因為此事，他才視富貴如浮雲、棄權勢若敝屣——即位甫四月，即拋棄鄭國江山，遁逃隱居於衛國四年。漫漫四年中，可有紅粉知己相慰相伴？

齊襄公則惡名昭彰，被史家直斥為無道昏君。但是，這麼一個壞到骨子裡去的「獨夫」，竟然深深鍾情於妹妹文姜，亂倫糾纏了數十年；甚至，只因為妹妹的哭訴，就甘冒天下之大忌諱，殺了妹婿魯桓公。獨夫固然可恨，可他的內心，又是怎樣的一個世界？

文姜的一生，翻騰於慾海情天，引發了齊、魯、鄭三國的政治海嘯。她被鄭太子忽拒婚，心靈與聲譽是否遭受嚴重打擊？她癡戀自己的哥哥齊襄公，卻偏偏嫁了一個弒兄篡位的魯桓公。她是不是一生都遇人不淑，積壓了滿腔的憤懣，才會有豁出去的倒行逆施？

魯桓公呢？他是否從小就內心惶惑，強烈的缺乏安全感？他聽信讒言，弒兄奪權。在內不附、外無援的狀況下，為了鞏固權位，不得不攀附強鄰、聯姻齊邦。可是，齊魯緊緊相鄰，他難道沒聽過那對兄妹的流言蜚語？娶過來的文姜，既是強國的金枝玉葉，會不會就任性跋扈，罹患了無藥可治的「公主病」？才逼得他違反「公主出嫁，終身不回娘家」的禮制，帶妻子回齊國？這一回國，兄妹相逢，乾柴遇烈火，一場腥風血雨的謀殺案就發生了。

一連串的孽緣，造成了怨偶難偕，引發了家庭悲劇；可怕的蝴蝶效應，又牽動了國際動亂。是因為這樣，「齊大非偶」才成為警世的成語嗎？這樣的認定，會不會再度簡化了歷史、輕忽了人性？何況，再怎麼可恨可惡之人，是不是也有可哀、可憫之處？

文獻的可疑處、爭論處，讓我在編寫劇本時，有了發想處、創作處。因此，嘗試著出入史料，宛轉發掘，擴寫事件的來龍去脈，描繪人物的幽微心靈，把掙扎在歷史泥淖中的主角，請到大舞臺上，重演一遍愛恨交織的人生。讓他們直接向觀眾訴說真相、傾吐祕辛，看能不能迸射出一些火花，讓過去與現在，都多了一點亮度與溫度。

再進一步思索，造成良偶或怨偶的因素很多，除了命運與環境之外，最重要的應該是：有沒有真心、敢不敢犧牲、要不要改變、願不願追尋、能不能守護……哪裡只是國力強不強大，門戶相不相當的問題？

所以，我再次運用了「曲中紅妝，點綴青史」的技法，把《詩經》中「所謂伊人，在水一方」的千古佳人，虛擬成嬌俏、活潑、熱情、能文善武的齊國少女——蒹葭。以她來串連史事、增彩舞臺。讓「父兄嬌養不驕縱」的平民女，映照困在「宮闈爭鬥心憂結」的齊公主；更讓素樸、甜美又剛直的少女情懷，啟動了齊太子（齊襄公）的佔有欲，也匯聚了鄭太子忽的真情意。

一場「射箭吟詩」的情節，讓蒹葭與鄭忽，在浪漫的春日春景中，打破了平民與貴族的藩籬，深情的互

相愛相守的鄭太子忽與齊國民女蒹葭

（臺灣京崑劇團／提供）

訴心衷。「退戎救齊」的一幕，讓生死與共的兩人，在殺聲震天的戰鬥中，進一步體驗出：互救互持、不離不棄，才是愛情的真諦。而舞臺上的刀馬旦、文武生，也可以藉由這兩幕劇情，淋漓展現「臺下十年功」的硬底子，演出了清麗的唱腔、纏綿的身段、激烈的武打。

退敵立功之後，蒹葭為了護守真情、追求圓滿，甘心遠離故鄉，避禍於衛國。而厭倦政治惡鬥，一往情深的鄭忽，明知未來道阻且長，也必然溯游溯洄，從之不悔的。所以，雙線進行的情節，在「偶非偶」的憾恨殘缺之下，也推衍著「非常偶」的美好冀望。

因此，窺探史事的縫隙，虛擬事件與人物，以進行對比、寄託反思，是創構劇本時，另一個努力的方向。然而，拆合史書的記錄、縮展時空的差距、閃現古今觀點的分歧，則往往要倚賴舞臺上「綠葉角色」的付出了。

劇情中，刻意創造了丫鬟賈可愛、馬伕吳仁義、郝愛吃三人，期許三位丑角的插科打諢，在嚴謹、扎實的傳統劇場中，能發揮活潑、潤滑的靈動作用；也讓綠葉角色的坦率與天真，逼得主角們遮遮掩掩的靈魂，必須一個個現形出來。

此外，公子彭生也是重要的綠葉角色，他承接齊襄公的命令，暗殺魯桓公。魯桓公自知大限已到，驚恐萬分時，問了彭生一句：「你、你、你……要如何殺我？」彭生說：「待殺你時，你便知了！」這麼冷血的回答，當然引起魯桓公的悲憤：「彭生呀彭生！今日你殺我；他日，齊侯也必殺你。」公子彭生不服：「我為齊侯賣命，他怎會殺我？」魯桓公答他：「待殺你時，你便知了！」如此設計，是期望對白中展露機鋒，配合舞臺逼真的演出，讓照眼的翠綠，更彰顯紅花之美；順勢也推動了繁複的劇情，進行人性的反諷。

傳統戲劇原本就美不勝收，但是，一進入大型劇院，就不能只是一桌二椅的精簡，必須有聲光化電的融匯。唯有結合文學、藝術、科技三大領域，成為渾然又自然的一體，才會有精彩的呈現，也才能吸引不同年齡層的觀眾。很榮幸的，【齊大非偶】是臺灣京崑劇團民國一〇六年的年度大戲，並且是國立臺灣戲曲學院，慶祝創校六十周年的盛大活動之一。因此，劇團中，老幹新枝，精銳盡出，全部卯起來磨戲、飆戲。導演閻俊霖、編腔宋士芳、作曲配器呂冠儀、影像設計王奕盛、舞臺設計張哲龍、林凱裕、燈光設計呂俊餘……個個都是一時之選。主創群、演員、幕前幕後所有人員各司其職、各盡所能，就是期待【齊大非偶】，能夠淬練成型，展現曲藝之美、探索多變人性，並且獲得觀眾的支持與鼓勵。當然，我們也一定秉持誠敬之心，接受四面八方的批評與指正，作為不斷改進與奮進的動力。

曲中紅妝，點綴青史

——新編崑劇【韓非‧李斯‧秦始皇】的情節創構

中央研究院院士曾永義教授，是我的業師。長年來，我能涵泳浸沉於文學與藝術，多蒙老師的教誨與指引。這次，師徒合作，編寫崑劇【韓非・李斯・秦始皇】：我負責劇情創構，老師則選曲填詞並總其成。自從承接師命以來，內心雖然倍感榮幸，但也臨淵履冰，惶惴不已。

何以惶惴不安？原因不勝枚舉：

我研究古典小說，近年來則投身於現代小說的創作。雖說，小說、戲劇可謂一家親；臺灣豫劇團二〇一一、二〇一四的年度大戲【美人尖】、【梅山春】，也是改編自我的小說。但親自執筆，創構戲劇，卻是我寫作生涯的頭一回。更何況，要編寫的是「世界人類文化遺產」——崑劇；要搬演的是紛雜混亂的戰國史事；要刻畫的是赫赫有名的歷史大人物。

那三位戰國梟雄，或深沉、或權謀、或暴虐，有何情味可述？況且，年歲有差距，境遇天差地別，要如何兜攏成型？如何淬練成劇？也是我深沉的疑慮、尖銳的難題。

再者，歷史的載錄，貴在精確詳實；戲曲的呈現，則美在感人肺腑。以史事編撰戲劇，搬演於舞臺，必須揉「情」入「史」、寓「實」於「虛」，以求情理俱足、虛實相成。水乳交融之後，即便分置於天平兩端，也須不傾不斜、有質有量，才算是於史有可取、於戲有可觀的佳作。

此外，戲中的人物角色，必須鮮活靈動，破除歷史框架，直指人性之光潔、幽微及險惡，使得生、旦、淨、丑的一顰一笑、一插科一打諢，皆能串古連今，激發觀眾的心靈共鳴。以上種種，皆屬超高難度的挑戰，怎不令我戰戰兢兢、日夜憂懼，深恐辜負提攜、並且貽笑大方。

於是，我遠赴山西與陝西：憑弔了驪山的始皇陵寢、震懾於兵馬俑的氣魄、也痛哭於白骨纍纍的長平古戰場。返臺之後，復重讀《史記》、《戰國策》、《韓非子》、《荀子》、《說苑》等相關資料；觀賞好幾十部戰國題材的戲劇；也向古史、思想史的專家多方請益。下筆時，更時刻自省：殺伐中，是否有人性的慈悲？亂世中，有無動人的摯情？淚中是否含笑？慘傷之際可透露光亮？更重要的是——編創劇情，絕不宜被歷史一味綑綁！

被史實綁架的戲劇，只會變成嚼蠟的流水帳。為了掙脫此桎梏，我虛擬了一位俏麗紅妝——荀荇。這位烽火佳人，結合青衣與刀馬旦，既能文善武、又嬌俏剛強。希望她的溫柔與大器，雖點燃男性的愛火與妒火，卻也在死生契闊中，持守住永恆的力量。有了她加入舞臺，期盼能連結歷史的載錄，打開大人物的閉鎖心竅，讓二千多年後的我們，聽到、看到、感受到戰國梟雄內在的癡狂、無奈與悲涼……。

尚有一位女紅妝，雖未正式現身，卻「隱形出場」，在劇中，具有舉足輕重的勁道。她是周旋於呂不韋、子楚、嫪毒及諸多男子之間的「趙姬」——秦始皇的生身之母。

我省思她多舛又多采的一生，剖析她與秦始皇的生死依存、天倫情變與愛恨糾葛，試圖解密出：自稱功蓋三皇五帝的秦始皇，為何終身不立皇后？也祈求今人，多賜一點悲憫，讓趙姬刷洗掉「戰國潘金蓮」的汙名。

史事是具象的，不苟又不亂，流芳與遺臭，往往只寓於史家一念之忍與慈、一字之貶或褒，所以，伏案讀史，內心不免沉重。反過來，進入劇場，穿越古今來觀史、讀史，甚而轉換視角、再造史事與人物，雖是創作上的冒險，也可期待撞擊出美麗火花、意外的力量。

新編崑劇【韓非・李斯・秦始皇】，在「成也帝王術、敗也帝王術」的劇本主軸之下，用曲中紅妝，來點綴青史。感謝曾師容忍瓊玲在劇情上，一下子要「死硬求實」、一下子又要「翻空造奇」的固執。更感激曾師不棄拙劣，將瓊玲創構的情節，依循南雜劇體製，設置排場，選調填詞、點撥科諢，以呈現於舞臺。追隨恩師，探索史事、省思人性，共創劇本，再虛心面對舞臺的考驗，誠心接受觀眾的指正。人生的至幸至樂，莫大於此呀！

怎能不寫？怎能不寫呀！

——《一夜新娘》後記

我——

為甚麼會用三年的時間，寫出醞釀在心中二十年的故事——《一夜新娘》，我不停一遍一遍，自己問著自己……

我出生在嘉義的梅山，梅山有十八個村落，散佈在從海拔四十公尺到一千八百公尺的山區。從前，先民們挑著一根扁擔、兩個籮筐的農作物，到市集去賣錢；把賣到的錢，拿去買吃的、用的生活必需品，再翻山越嶺地挑回家去。就這樣，他們踩出了一條條縱橫交錯的「汗路」。所以：

汗路——是梅山人流血流汗的謀生之路。

汗路——也是梅山地區人情匯流的資訊網路。

我的童年很豐富，因為，父親是梅山鄉親所尊崇的「公道伯」，村與村的紛爭、人與人的恩怨，常常在我家小小的客廳內被精采重演、被個別詢問、被深入分析，再被努力解決。所以，從小到大，我像看電影的觀眾，在各式各樣的劇情片中，被震撼、被教導、被感動著。

但是，我的家境算是清貧的，爸爸是公務員，薪水常常拿去當公關花費，所以，我家的孩子一到了假日，都必須到工廠當勞力童工。不過，無論是在「筍乾工廠」、「醃梅工廠」、「柑橘包裝場」……小小的童工卻都玩得很快樂、聽得很過癮，因為一個個三姑姑、六婆婆都有說不完的故事，而且，那些故事都是——真人真事。

甚至，後來，為了要支付私立大學的龐大學費、生活費，寒暑假時，我就從臺北返鄉，當起了車掌小姐，在顛顛簸簸的公車上，觀察上上下下的乘客，也直接或間接地體會了他們多變的人生。

很幸運的，我又有一位很會說故事的老媽媽，她走過養女生涯的悲辛、嘗過戰亂與現實的生活折磨，今年已高齡九十多歲，仍然可以用最活靈活現的敘述，重現一齣齣山林野地的「汗路傳奇」。

所以，我的小說《美人尖》、《駝背漢與花姑娘》中，都是卑卑微微的小人物，都是清水溪、寒水潭、大尖山、屆尺嶺等故鄉山水，都是在烈日下、泥地裡、汗路上，翻騰打滾、血汗淋漓的現實人生。

多年以前，「公道伯」走了，我與姊姊帶著老媽媽去日本旅行，想轉移或減輕她的悲慟。

在明治神宮的蒼蒼大樹之下，一位日本老婦人與她聊了起來。天呀！那時我才發現媽媽的日語竟然那麼流利，流利到連導遊都佩服到五體投地。

後來，在我的追問下，老媽媽才幽幽地說：「我本來就讀過三年的日本書呀！我還代表過嘉義郡，拿到全臺南州『國語』演講比賽的第二名。」（註：臺灣在日治時期，稱日語為「國語」。）

真的，我哭了——

在封閉又操勞的山中農家，讀書識字是她唯一可以伸向外界的觸角；在受盡凌虐的養女歲月中，她也只有從「國語演講比賽」的得獎獲勝，才可以得到些許的安慰與救贖。

所以，雖然她念的是夜間民教班的「國語講習所」，但是，在一連串的村、鄉、郡、州的比賽當中，她打敗正規教育下、甚至是「國語家庭」（全家皆使用日語日文者）出身的佼佼者，證明了自己的能力，也嘗試探索著改變命運的可能。

但是，終戰了，日本被打敗，國民黨統治臺灣了……

於是，我那青春正盛、日文流利的媽媽，又變回了文盲——漢文方塊字世界裡的新文盲。她的身分證上的教育程度欄，被標寫著「不識字」；在一連串「去日化」、「去臺化」的嚴格政令下，她的親兒孫們，竟然真的以為她是文盲！

後來，我藉著閒聊、藉著撒嬌，陪著老媽媽一步步走回她的青春年華，一件件、一樁樁的聆聽那日治時期、殖民歲月裡感人的愛、恨、情、仇。

那些愛、恨、情、仇，真的是感人肺腑呀！怎忍心讓它隨風而逝？所以，我考據了史料、詢問了耆老、請教了專家，再用三年的時間，一字一句去描摹那一段青春光燦、現實多磨、又殘酷戰亂的人生物語。

藉由撰寫《一夜新娘》，我也補償我的遺憾——我很愛父親，他卻是梅山人的「公道伯」，永遠為別人在忙。他從不知道，獨自在臺北讀書、過活的小女兒，多需要他的資助、多乞求他的關愛。如今，藉由小說，一字一句的回溯先父的時代，讓我追趕上年輕的他，體會他所面對的亂離人世，知道他何以盡心盡力要為那些不識字的淳樸鄉親們主持所謂的公道，我也才釋放了隱藏在內心深處的幽幽怨懟。

有一回，老媽媽拿出一件保存得很慎重、很完整的日本女性和服給我看。她告訴我：

「教我演講的木村老師，在日本投降之後，便完全沒有學校的薪水可領，還必須等候船期來接回日本去，那幾個月當中，他幾乎活不下去。這時候，我把所種的蕃薯園劃出一大塊送給他，要他儘管去挖來吃，吃剩下的，還可以拿到街上去賣。就這樣，他渡過了那最難挨的時刻。臨回日本前，他拿他妻子的和服來送給我，請我不棄嫌的收下，因為，那是很好的布料，將來我出嫁時，可以改成花洋裝，要不然，孩子生下來時，也可以裁製成尿布……」

所以，我怎能不好好記錄下那段臺灣人和日本人相處的點滴真情呢？

還有，梅山鄉太平村的嚴清雅村長也告訴我：

「我父親被日本人徵兵下南洋，家中失去了經濟支柱，母親白天揹著一歲的小姊姊做工；四歲生病的二姊，就由七歲的大姊來照顧。一到黑夜，四個大小女人擁抱著一起哭，害怕再也見不到爸爸回家。二姊病得更重了，哭喊著要爸爸，甚至哭到瞎了、沒多久人也死了……媽媽在二姊死後，就再也不掉一滴淚，咬著牙，把整個家撐起來……」

嚴村長今年六十出頭了，是身高一百八的壯漢，提到這段往事，竟然聲聲哽咽……所以，我怎能不記錄那一段軍國主義摧毀一個個家庭天倫的殘酷史實？

在臺灣，很多人不解，老一輩受過日本人的殖民統治，為何卻往往「親日」？壯年的，受國民黨教育的，卻往往「仇日」？而年輕的一代，目眩神迷於日本的次文化，則又身不由己地「哈日」？

親日、仇日、哈日，分切得那麼深、糾葛得那麼緊，我無法完全去釐清原因。

我只想從人性的多重角度，從生活的真實層面，仔細重建那一段殖民歲月的場景，再把每一個角色都安排妥當，再讓他們血肉鮮活地呈現內在的掙扎、愛恨、慾求、理想……

所以，我的小說，沒有大義凜然的民族主義、沒有視死如歸的英雄好漢、沒有小丑跳梁或殺人如草芥的日本人；更沒有一棋定江山、一柱擎天地的偉大情節……

我的小說裡，只有一群卑微的小人物，他們必須面對殖民高壓統治、面對募兵制徵兵制、面對皇民化教育、面對傳統禮教、面對流言蜚語……所以，他們有時堅強、有時脆弱、有時果決、有時打混，把寬厚、欺蒙、仁慈、狠心、感恩、怨恨……全都混淆在一起了。而男女主角在亂世裡的戀愛，談得那麼真誠、那麼卑微，卻也被大時代的颶風連根拔起，飄蕩飄颻在無情又無理的戰爭中。

但是，亂離的歲月中，還是有穩定的力量，那是來自土地的溫暖、來自人性中的無邪。

所以，我怎能不寫？

怎能不寫呀！

來自汗路的剛毅與溫柔

——豫劇【梅山春】

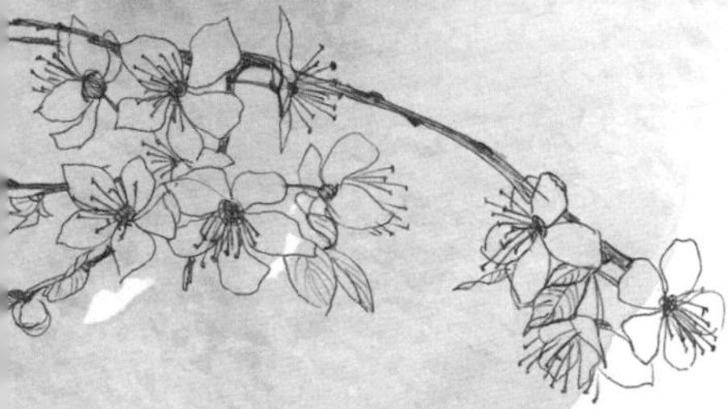

嘉義縣的梅山：阿里山山脈的分支，它是高山冠軍茶的故鄉；檳榔、柑橘、竹筍、梅子、金針、蓮霧……的盛產地。十八個小小村落，就散布在海拔四十到一千八百公尺的平林與山野。

從前，沒有柏油、沒有貨車的艱困歲月，不管是男是女，一根扁擔、兩個籮筐，一個個磨出硬繭的肩膀，便挑起了一家家的生計；而無數雙穿草鞋的腳掌，更在崇山峻嶺中，踩踏出一條又一條蜿蜒又坎坷的「汗路」。

所以，汗路——是梅山人流血流汗的謀生之路。

汗路上——搬演著青春的狂野，也上映著血淚交織的現實人生。

一個個真切的人生故事、一樁樁纏綿悱惻的狂野愛恨，隨著歲月的嵐霧，繚繞過大尖山、望風亭，流淌過清水溪、寒水潭，再從鄉野耆老的口中，悠悠地傳誦出來。後生晚輩靜靜聆聽著，悄悄收藏到心靈深處，去發酵、去重組、去比興、去塑成……

於是，美麗又尖銳的「阿嫌」誕生了，她——是我小說《美人尖》中，迎向人生、挑戰一切，敢愛又敢恨的女主角。而經由編劇高手劉慧芬教授、柏林影展最佳導演林正盛的創發與投入，【美人尖】——更成為臺灣豫劇團慶祝建國百年的年度大戲；又代表臺灣參加亞洲藝術節，短短半年內，巡演海峽兩岸十多場，既贏得無數的掌聲，也引發人們對藝術與人性的深刻探討。

汗路的故事，太多樣了！美麗又尖銳的豫劇【美人尖】，還在繞梁之際，民國一〇三年的年度大戲——【梅山春】，又盛大登場。

【梅山春】搬演甚麼故事？投射甚麼人生？

——浩浩天地，歲月匆匆，走過溽暑的夏、渡過蕭颯的秋、再挨過荒寒的冬，萬紫千紅、和風曉暢的春天，才會翩翩然降臨。

山野中的男男女女，受綑於自我的個性、被綁於命運的鎖鏈，雖拼盡全身筋骨的力氣，在烈日下、泥地裡、汗路上，不停的翻騰打滾，卻還不一定能追尋到愛情的甜美、一家的溫飽、以及血脈的延續。

而臺灣——你我共同的故鄉，雖然山川壯美、物產豐饒，卻也有著颱風、地震、土石流的天災地變；又有高壓統治、殖民戰禍、族群惡鬥的人禍摧殘。所以，春天的繁花盛景，對汗路兒女來說，是何等的遙遠、何等的渺茫呀！

但是，山林野地磨練出來的強悍與剛毅，讓汗路兒女操戈執劍，一戰再戰，永不屈服。

而厚實的本性、善良的心腸，也讓他們用柔軟、用慈愛，包容並釋放人生的苦痛與缺憾。因此，「含笑」、「秋月」、「阿惜姨」三位女子，就在艱辛的歲月中，成就了穩定的力量。

含笑——天真爛漫、青春光燦的小小農女。為了愛情，為了腹中愛的結晶，她勇敢、她忍辱、她犧牲、她被迫遠嫁；她教導兒子放下悲怨、孝敬養父，因為「生的放一邊，養的大過天」呀！……然而，當歲月磨盡了滄桑，晚年失智的她，卻只記住十八歲時的愛戀，頻頻向人追問：「那個人呢？那個人呢？他答應帶我走的，為甚麼沒有？為甚麼沒有？」

秋月——受盡凌虐的可憐養女，因為阿惜姨的幫忙，讓她出嫁後，擁有幸福安穩的家。但是，生母對她的遺棄、養母自身的病痛、阿惜姨晚景的孤獨，以及丈夫對另一個女人的牽掛與愧疚，都讓她既痛苦又不捨。所以，她費盡心思，奮力要彌補所愛的人的生命慘傷……。

阿惜姨——肺結核奪走了丈夫、大水漂走了小女兒、戰爭又讓大兒子永遠回不來。她挺住一個家，穩住了渺茫

含笑、阿惜姨、秋月
三位剛毅慈慧的人間勇者。
（臺灣豫劇團／提供）

的希望。家穩了、人安了，她讓出了舊巢，卻還是用一壺壺清涼的茶水，在山間的汗路、人間的巷弄，滋潤著乾渴的故鄉人。

就這樣，來自土地的溫暖、來自人性的無邪，讓【梅山春】的人物與故事，奠定了基礎。

這次的演出，仍是【美人尖】原班人馬的再度合作；仍是本土小說、傳統曲藝、電影科技三大面向的密切結合。但是——不能重複成果、必須積極創新、追求更優質的演出、撼動更感人的迴響，必然是觀眾對新戲的期待，也是【梅山春】主創群以及幕前幕後所有成員，要拼戰的目標。

為了達成這個目標，劉慧芬編劇的辛勞付出，絕對不是用文謅謅的「焚膏繼晷」就可以形容的；林正盛導演的突破與開創，也不是用「苦心經營、全力擘畫」就能一言以蔽之的；而豫劇皇后王海玲、戲曲薪傳獎得主朱海珊、殷青群副導演，更率領著蕭揚玲、謝曉琪、劉建華、張瑄庭等全體生力軍，卯起來排戲、磨戲，個個都「瘋魔」到不得了。梅山的鄉親們，也「簞食壺漿」，迎接豫劇團來拍攝影像畫面；甚至，也摩拳擦掌「瘋魔」起來，搶著要當隨團志工、臨時演員了。

最後，要偷偷告訴大家的是：豫劇【梅山春】，固然有小說的創造、戲劇的效果，但是，卻不是完全虛擬的情節。它——是來自臺灣土地的真實人生；三位剛毅又溫柔的女子——不是虛無縹緲的古人，是視息於梅山時空下的人間勇者。

這三位人間勇者——阿惜姨已高壽一百零八、含笑九十七歲、秋月年紀最小，今年也九十多歲了。

祝福在寶島落地生根已超過六十年的臺灣豫劇團！

祝福豫劇【梅山春】與真實人生中，剛毅又溫柔的人間勇者！

（臺灣豫劇團／提供）

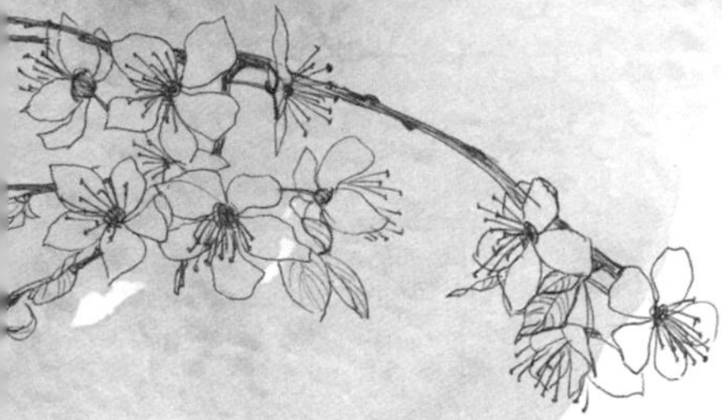

「海玲學院」開講囉！

現在的你，是卯足全力，正奔波在「晴時多雲偶陣雨」的奮鬥路途？或是已經行過千山萬水，進入寵辱偕忘，「也無風雨也無晴」的人生化境？

不管處在甚麼境地，相信每一個人，都會眷戀坐在教室裡、講臺下，聆聽老師們諄諄教誨，又可以跟同學們切磋嬉戲的美好時光。

為了追一份藝術的理想、為了圓眾人教與學的彩夢——「海玲學院」成立了！臺灣豫劇團中，能演能導、能教能講的精彩人物，一個個走下舞臺，登上講臺，要闡釋戲劇、解讀人生了！

不管你的身份是甚麼？不管你離開校園有多久？不管你走過的悲喜哀樂有多長？心動！就可以馬上行動！一行動，就可以參與一場場精彩的豫劇解碼、分享一波又一波的生命悸動。因為，每一個開講的人，不管輩份高低、不論年齡大小，全都是認真又執著的藝術工作者，甚至是既能「身教」又能「言教」的好老師。

第一位上場開講的，當然是海玲學院的院長、國家文藝獎的得主——豫劇皇后王海玲囉！

主演過生、旦、淨、丑，超過一百五十多齣劇碼、近一百七十個不同角色，王海玲老師絕對不愧是「行當不拘、文武全才」的超級藝術家。她在舞臺上的一顰一笑、一轉眸、一引吭，都是天才與磨練的無縫結合，更是藝術與人生的完美結晶。

身為臺灣豫劇團的死忠戲迷，我的小說〈美人尖〉、〈阿惜姨〉、〈含笑〉，能由劉慧芬教授編劇、林正盛先生導演，成為民國一百年、一〇三年的年度大戲；又由海玲老師主演【美人尖】中，頑強剛烈的女主角「阿嫌」；【梅山春】中溫柔慈慧的母親「阿惜姨」，是我無上的榮耀。在這裡，我要透露王海玲老師的一個小祕密：

為了結合舞臺與電影，臺灣豫劇團深入梅山山區拍攝影像畫面。主演【美人尖】時，海玲老師必須一身戲裝，挑著兩個大水桶，跋涉在海拔一千六百公尺的高山，演出「洗門風」的百般折磨。

路──真的是太陡太峭了！挑擔走汗路時，她單腳一拐，瞬間跌入山坡的茶樹叢裡。

國寶摔跤了，那還得了！所有人員大驚，尖叫著奔過去，海玲老師卻優雅地站了起來，從從容容地說：「沒事！沒事！我從小練功，知道怎麼摔、怎麼保護自己。你們看：我腳沒扭傷、臉沒割花。別怕！擔誤不了戲的。」她這一安慰，把許多人的熱淚都安慰了出來！

海玲學院的堅強教師陣容中，當然有榮獲「全球中華文化藝術薪傳獎」的朱海珊老師。她所扮演的風流小生，不知迷煞過多少女性。而不管是小生的俊俏、老生的蒼勁，她洗練的演技，總驗證了劇曲藝術的豐盛多彩。近幾年，她更跨越了性別與行當，精準又精彩的詮釋了老旦的角色，不管是富貴雙全的賈母、兇狠無知的李婆、悔恨交加的養母，都讓人喝采欽佩、拍案叫絕。同樣的，我也要透露她一件感人的祕辛：

【美人尖】受邀到大陸巡迴公演，第一站就是臺商的大本營——東莞。貨櫃在海關出了誤差，遲遲不能送抵玉蘭歌劇院。隨著演出時間的逼近，眾人惶惶不安。這時，朱海珊老師以她一貫的爽聲朗調，安撫了大家：「戲——在我們身上！怕甚麼？貨櫃若真的沒來，沒有布景、沒有服裝、沒有道具，我們素著一張臉，也要上臺演出最精彩的戲，給臺商同胞們看！」這樣的豪邁與深情，怎不令人徹底折服？

演出前一個多小時，超大豪雨中，貨櫃終於送來了。所有人員衝進衝出，搬衣箱、拿道具、架燈光、測音效……。當布幕緩緩拉開，幽幽的大廣絃拉起了民謠「思想起」，舞臺上的一切，竟然全部到位！平日，架設一個完整的大型舞臺，需要兩個工作天。在最艱困的時刻，臺灣豫劇團竟然在兩個小時內，徹底達成任務。這種風雨同舟，齊心共濟的決心及行動，怎不令人欽佩！而且眾志之城之下，當天的演出，更是精彩絕倫。

當時，飆出最佳技藝的演員們，也參與了現今海玲學院的開講：唱腔宛如天籟的小天后蕭揚玲，將要講解「花旦」、「武旦」、「刀馬旦」的差異，又搬出十八般武藝來「對決楊金花」。英姿颯爽的楊門小女將，在舞臺上被她演得活靈活現；一代巾幗女英豪，在講堂中也會被她講得虎虎生風。

其他，能演又能講的還有：擁有王海玲老師遺傳細胞與戲胞、又師承歌仔戲天王楊麗花的「豫劇王子」——劉建華。她將為學員們解惑：【孟麗君】中的安樂皇帝是好色之徒嗎？【慈禧與珍妃】中的光緒皇帝是癡情之流嗎？【梅龍鎮】中的正德皇帝是純情之輩嗎？為何人人豔羨、不可一世的皇帝，常常出現「職業厭怠」呢？劉建華生猛的活力、幽默的風趣，必將獲得滿堂喝采。

辣旦——張瑄庭、美聲公主——謝曉琪、百變精靈——張瓊蘭，個個都是名師張岫雲、王海玲嘔心瀝血調教出來的高徒。

張瑄庭三寸金蓮的「踩蹺」功夫，早已震撼兩岸藝壇。且看她如何把刁蠻潑辣的王月英、「為愛向前暴衝」的陶三春，講解得讓人又哭又笑、又憐又愛。

謝曉琪擅長扮演「為愛而生的女人」：當愛情闖進門時，且看李鳳姐為何不在乎天長地久，只在乎曾經擁有？再看王春娥如何犧牲小我，完成大我。古往今來，癡情女子坎坷的遭遇、不悔的執著，她無論演來、講來都絲絲入扣。

嗜錢如命的錢婆婆、練達世故的劉姥姥，都是張瓊蘭的拿手好戲。她將探討戲劇中「來自生活的人生哲學」，與學員們進行「熟女的對話」，詼諧又敏銳的她，必將開拓出不一樣的學堂風光。

文武場領導——范揚賢，是胡琴、板胡的專家。千錘百鍊的樂師造詣，讓他確切掌控了戲曲中：怨、慕、煩、亂，喜、怒、哀、樂的音樂情緒。他將深入豫劇的唱腔，介紹角色的特性，無論是老旦——佘太君、青衣——白素貞、閨門旦——黃桂英、花旦——紅娘、彩旦——花婆、帥旦——穆桂英、武旦——楊金花……都有鞭辟入裡的講解，帶來耳目一新的感動與震撼。

殷青群——臺灣豫劇團重要的靈魂人物。他所擔綱演出的愛鄉曹公、正直鍾馗、多變朱元璋、剛毅包青天、殘暴紂王，都已被譽為爐火純青的成就。首齣兒童豫劇【豬八戒大鬧盤絲洞】、第一齣少年豫劇【快打三國】都是他所執導的。新編豫劇：【劉姥姥】、【拜月亭】、【約/束】、【花嫁巫娘】也是由他擔任副導演。柏林影展最佳導演林正盛與他合作【美人尖】、【梅山春】之後，逢人就讚美殷副導的專業、熱情與謙沖自牧。

這次，殷青群以「她們都是『我的女人』」為講題，善用他在導戲、排戲、磨戲時的專業角度，再結合他在豫劇團的大好人緣，對於【巾幗・華麗緣】裡的王海玲、【楊金花】裡的蕭揚玲、【劉姥姥】裡的張揚蘭、【三打陶三春】裡的張瑄庭、【梅龍鎮】裡的謝文琪等，進行了犀利的分析——既探討舞臺上，萬眾矚目的「名女人」是甚麼樣貌？又觀察舞臺下，演出名女人的「女主角」是甚麼特質？兩者何時分、何時合？又要如何分、如何合？因為分與合的準確拿捏，往往就是一齣戲劇成功與失敗的關鍵。

「海玲學院」開學了！不用掏口袋繳學費，只要掏心肝繳熱情；不必對戲劇熟門熟路，只要對藝術滿懷興趣！

鑼喧鼓鬧、絲竹悠揚的豫劇團隊，正在南臺灣左營的實踐路上，實踐著藝術的傳承與發揚。就讓能演能導、能教能講、能言教又能身教的一群藝術狂熱者，在演出人世的曲折愛恨之餘，也引導大家一頭栽進美好的曲藝世界吧！

敏感又勇敢、扎心又窩心

——為阿寶的《出詩婊》喝采

她叫洪嘉勵，一直以來，我都只喊她「阿寶」；有求於她時，還會裝瘋賣俏，捏細嗓音，喊她一聲「寶貝」、「寶寶」、或「寶貝寶寶兒」。而她眉毛一抬，冷不防就刺來一記回馬槍：「噁～雞皮疙瘩掉滿地，怕怕！」

我是真的、真的，記不住她的大姓與芳名。只記得她讀過世新大學，是賴鼎銘、趙慶河、李筱峰的高足。既然是這些「怪咖教授」的得意門生，那麼，重思考、愛批判、幽默風趣、疾惡如仇，就一點也不奇怪了。

與她第一次見面，是在我中文系學生「蹺課胖」的婚禮上。她擔任司儀，一開口，就策動合縱與連橫、左牽右扯的，把一對新人、兩方親家、百來桌賓客，逗得又是狂笑又是拭淚。那樣的場面與效果，真是經典呀！若僅僅用「妙語如珠、炒熱氣氛、串場成功」來歌頌她，簡直是烏龜吃大麥，委屈了這位天王巨星了。所以，幾年之後，聽到她奪下廣播金鐘獎的最佳主持人，我一點也不驚訝。

婚禮的空檔，她風一陣似的，卷吹到我桌邊來，匆匆挾了幾筷子，補充一點點能量。我忍不住主動問她：「妳是何方神聖？我為何不認識妳？」

「哼！後悔了吧？不過，還來得及，您不老、我年輕！」

她臉圓圓、眼大大，雙頰酡紅，頗有唐朝詩畫的美人風韻；而捧起酒盞、仰頭一飲，亮杯底，又轉眸一笑，那絕對是武俠世界的瀟灑了。

「妳怎麼不是中文系的？」

「嘿嘿！就不是。不過，您熟悉的，我應該都不陌生。不信，走著瞧！」

走著、瞧著，她真的令我瞠目結舌。中文界的人與事，她樣樣熟；該讀的書，她不缺；文學底蘊，不輸本科生；更因為學的是大眾傳播，多了一對凝視現實世界的眼睛，以及一顆承擔滄桑的心臟。

在臉書上，我愛讀她的電影評論，幾乎她介紹一部，我就去看一部。偶爾與她打打筆仗、鬥鬥嘴皮，但基本上，打從心底喝采她的犀利與大膽。

她的詩更是寫得「革新」又「革心」。語不驚人死不休的辭藻中，有大刀大斧，砍殺社會病竈的俐落；也有慢火燉熬，提煉人世情義的婉轉，讓人讀來既痛快又爽快、既扎心又窩心。

《出詩婊》——真的是雄心勃勃，有顛倒眾生的企圖。這種「倒行逆施」的寫作方式，可能會讓食古、愛古、畏懼進化者大呼小叫，以為遇上了洪水猛獸。但是，驚嚇破表之後，只要再看一眼，或許就會莞爾一笑，讚歎於她的奇與巧、大器與大膽了。

本來嘛！文字的妙用，存乎作者的眼與心，離經叛道又何妨！緊緊守著老掉牙的「經」、死掉靈魂的「道」，文學不渴死、餓死，也會萎頓而死的。

而阿寶的詩，就是把人事、人性，一把又一把的抓起來，先輕輕拍、再使勁的搖，最後再下猛力去甩。拍鬆了、搖散了、甩活了，人們的腦筋就會靈巧一點、胸襟就會開闊一點、千千萬萬個毛孔也會舒泰一點。不把自己咬得死死的人，應該就不會去咬死別人，魯迅眼中人吃人的世界就比較不會出現吧！

新詩就是要新，這一本「全新」的詩集中，有阿寶的「全心」。那一顆敏感又勇敢的全心，是現今「忙」與「盲」的社會很需要的。

加油！廣播臺上的金鐘阿寶、新詩壇上倒行逆施的阿寶、永遠銳利又溫暖的阿寶！

赤子赤心

小臭妞

小臭妞故意放下頭髮，端起爪子，學牆上的老虎叫。她爹爹打趣說：「別急，等二十幾年後，就有一個倒楣的傢伙，專門聽妳吼了」

她——小臭妞：海峽兩岸經歷長期冷戰，和解之後的婚姻小結晶。三歲還不到，是窩心的小甜甜，也是不折不扣的小惡魔。

先揚其善，說說小甜甜的好：午後，小小妞兒眨了眨薄薄的單眼皮——那是江西婺源外公家的遺傳標誌；再扭了扭長長的手和腳——那是臺灣王家的註冊商標。躡手躡腳，貓兒似的，輕輕掀起奶奶房間的門簾，偷偷往內瞧呀瞧！

瞧不太清楚，乾脆跨過門檻、爬上床，趴下身子來，湊近「阿罵」的臉，再使勁瞧、用力看，看見「阿罵」的眼睛還沒睜亮亮，眼皮還閉成兩條小拉鍊。喔～～懂了，她立刻豎起食指，比在鼻子下，嘟起嘴巴，警告自己：「噓！噓！『阿罵』乖乖睏，一暝大一寸！妞兒不吵、不能吵。」

「噓！」得太認真了，九十多歲的「阿罵」，被噴了一臉的奶味、奶口水，早就醒過來，不能再睡睡了。

這下子，「阿罵」開心了，不只嘴笑目笑，連千千萬萬個毛細孔，也都嘻哈哈在笑。她伸出胳膊，將心肝小寶貝攬進被窩裡，親呀親的、疼吻疼的，哪裡會罵罵？

接下來，小臭妞還會表現一等一的溫柔：她溜下床，將一雙布鞋整齊擺好（左右腳放錯位子是難免的啦！）甚至，體貼萬分的替「阿罵」套上腳。再用軟軟的小手，牽著「阿罵」皺皺的大手，一步又一步，慢慢走到客廳來。

客廳裡，頓時響起一陣掌聲。三不五時來泡茶聊天，滿頭雪白的小叔公、高高壯壯的老K阿伯、黑黑瘦瘦的永立叔叔，及隔壁芳齡九十八，還可快走操場五十六圈的大姆婆，都齊聲拍手大喊：「妞妞乖！妞妞第一乖！妞妞全世界最乖、最孝順！」

這一精彩的亮相，以及觀眾熱烈的表揚，讓小臭妞可得意了，咯、咯、咯……先大笑一通，再用小手遮住臉、蹲下身子，表示有點兒害羞、有點兒不敢當。但是，一對小龍眼粒般的黑眼珠，卻透過手指頭縫，骨碌碌轉！滴溜溜瞧！狠狠在監看，看誰沒用力拍手。她可是會生大氣，直接揪出誰在偷懶、誰不捧場，她會進行示威抗議的。

但是，千萬別因為偶發的乖巧，就被小臭妞蒙了心、騙了眼。這隻小惡魔使壞的豐功偉業，絕對符合「罄竹難書」的成語要求。

她呀！十分鐘內大哭二次、大笑三回，絕對稀鬆平常。即使是樹林間蹦來跳去的小潑猴，也沒有她頑皮，就連供奉祖先的紅木大桌，她都敢爬上去偷拿棗子吃；而一轉頭，她已跨騎在門口的機車上，兩手握著車把，喉嚨當起引擎：「噗～噗、噗、噗……」；甚至還會學飆車，催起油門：「哽～哽～咻嗚～～～咻嗚～～～」嚇得「阿罵」尖叫開罵，也害她親娘被數落一大頓。

「我不要、我不要！……嗚！我還要、我還要！」小臭妞被老K阿伯抓下摩托車時，兩隻腿兒還在空中胡踢亂蹬，接著是扯開喉嚨，進行掀翻屋頂的哭喊。

親叔叔臉一板，從老屋梁上面，取出了一根彈性特佳的細竹條，那是唯一管得住小臭妞的東西。一看祭出「家法」，大禍臨頭了，小臭妞立刻搖身一變，變成識時務的小英雌，能屈又能伸。不用半秒鐘，她立刻止住哭聲，衝過來，一把抱住阿叔的大腿，搖呀晃的，仰起一張還掛著淚珠的小臉：「妞妞乖，妞妞知道錯了。叔叔帥帥、妞妞最愛叔叔了！」甚至，踮起腳尖，扳下叔叔的脖子，捧著又黑又兇的張飛臉，嘟起嘴巴左親一個、右香一下。想想還抵不過一頓好打，她再使出無尾熊的招數——長手細腳一勾又一纏，攀住了叔叔的粗腰桿，又摟又黏的，一大串的求饒兼討好，當然是蜜滋滋又軟綿綿。

而那個叔叔呀！海軍陸戰隊出身，還當過莒光營的魔鬼營長，雖然一向懲戒嚴明、軍令如山，但撐不到幾秒就徹底投降了。只見那根長竹條子，高高被舉起來，卻死也打不下去，一下子，就被遠遠的拋到一邊了。

君子報仇，三年不晚。小臭妞報仇，十分鐘都嫌遲。

她先乖乖閃一旁，低頭玩她的火柴盒小汽車；不時瞅起眼珠子警戒，像隻小刺蝟。等到聲稱要戒菸的叔叔，手一伸進褲袋，菸都還沒掏出來，小臭妞已撲過去：「不可以抽菸、不可以抽菸！『阿罵』說的。」她挾天子以令諸侯，伸出爪子胡抓又硬搶，拳頭腳丫全踢打上身，幾乎革掉了那革命軍人的老命。

小臭妞機動性強，擅長遊擊戰術：才一歲兩個月大時，就趁著她親娘熟睡，再度展現貓兒身段，用五爪神功攀扯住床單，賊不啦嘰的！從床上滑溜了下來，顛顛跌跌，離家出走。

王家大大小小、鄰居老老少少，甚至警察伯伯、義消叔叔全都出動了；「梅山鄉公所廣播站」也放送起守望相助的警報：「各位鄉親請注意、各位鄉親請注意：有位小女童走失了，一歲多一點，上身穿花上衣、下身穿黃色短褲，頭髮綁成沖天炮，夾著紅色的蝴蝶髮夾……」

一陣陣人仰馬翻之後，我陪著小臭妞那哭得不成人形、自責到半瘋狂的親娘，終於在半公里外的小學操場，大石象溜滑梯的腳下，找到了這隻小惡魔。

半公里：五百公尺耶！

途中，有一大座石頭牆要翻、有好幾條水溝要跨、有無數輛大汽車小鐵馬要閃……對一個剛學走路，走五步就跌三跤的小不點，其艱困的程度，絕不輸給一九三五年中國共產黨的「兩萬五千里長征」吧！

長鼻大石象的腳下，長征成功後的小臭妞，一心一意發揮她外公家鄉——婺源的好學傳統，眼觀鼻、鼻觀心，蹲低腿兒、翹高屁股，趴在黃泥沙上，聚精會神地研究，研究那小小螞蟻如何搬家？

我請嫂子先回家報平安、再去鄉公所撤銷廣播、順便安撫一大群憂心忡忡的老長輩。我呢！就先陪伴小臭妞，避避風頭、躲躲那根細竹條兒……。

望著專心致力的小小學者，我突然有了一股莫名的感慨：

可不是嘛！她的一半血統來自婺源。婺源——自古就有「書鄉」的美稱。八九百年前，南宋的大思想家朱熹，就在這兒呱呱落地。朱老爺子的叔祖父名叫朱弁，奉命出使到大金王國去，卻被敵人囚禁。一囚就囚了整整十六年。守節不屈的偉大程度，絕對不輸給漢朝被匈奴囚禁，在冰天雪地裡牧羊的蘇武。而明代篆刻名家何震，以及讓中文系學生都敬畏有加的音韻學家江永，也都是誕生在婺源。

小小統計一下，自宋代到清朝，考上進士、束帶立於朝的婺源人，總共有二千六百六十五個，流傳的著作有一千二百七十五種，選入《四庫全書》的有一百七十五部。

哇！無論質與量，都實在嚇人！

流風必然化俗，小臭妞兒的外公家，血脈中流傳的，一定夾有多才多藝的婺源因子。妞兒她外公，不只會填詞、譜曲，連創作劇本、甚至導演戲劇都在行。

我常閉目懷想：明代的莎士比亞──湯顯祖，他創作了【牡丹亭】，讓杜麗娘、柳夢梅生死纏綿的愛情名傳中外、享譽古今。湯老先生是江西「臨川」人。這一「臨」，臨著水鄉、流著彩夢，涵泳於中國第一大的鄱陽湖；再沿著贛「川」，穿越並消解了浩瀚的時空，讓戲劇的情愛、詞曲的優美，一點一滴、一聲一曲，匯注於山清水明的婺源。從此，婺源更有了「五嶽歸來不看山，婺源歸來不看村」的絕代嬌姿。

婺源舞臺乾坤大，虛實悲歡在其中呀！

小臭妞的外公是文史愛好者，填詞、譜曲、導戲之外，朱熹紀念館、婺源文史資料室，甚至觀光人行步道，都有他的點滴心血。聽說：他遭逢過慘烈的十年動蕩。好在，因為擅長繪畫，畫過無數毛主席的圖像而保住了全家性命。我看過他的照片：那是介紹婺源的一本文宣雜誌。封面上，六七十個高幹及文史工作者，與同鄉大人物江澤民進行大合照。照出來的相片，人多頭小，不是很清楚的畫面，卻清楚地看到妞兒外公的長相──平頭、黑髮茂密、臉頰凹陷清癯，緊抿著雙唇、蓄著短髭，眼神深沉、敏銳又滿溢憂思——像極了魯迅。亂世中，「橫眉冷對千夫指，俯首甘為孺子牛」，蒼茫獨立的魯迅。

那種魯迅的眼神，我在經歷動蕩的兩岸學者身上，時時不經意的看到。每看一次，都讓我驚悸一回。

大石象腳下，小臭妞看膩了螞蟻搬家，逼我這個小姑姑陪她盪鞦韆。我知道再不回家去，梅山廣播站準再響起尋人警報。而且，不只尋小孩、也找大人了。

我費了九牛二虎外加兩頭象的力氣，強抱起她，扛在肩上。她一路哭鬧，拳腳交加如暴雨。真是忍受不了了，我掄起手掌、橫起心，想狠狠揍她幾下屁股。腦海裡卻閃過一對魯迅的眼睛——深沉、敏銳、又滿溢著憂思的眼睛。

算了！揍不下手了。我天生胸襟窄、器量小，絕對當不了「橫眉冷對千夫指」的智者與勇者。那就只好「俯首甘為孺子牛」，當小臭妞的座騎吧！

這一當馬牛，也近千來個日子。說真的，當得可真開心呀！

而那個小臭妞永遠有新鮮事，永遠替大陸婺源、臺灣梅山兩個家族，帶來無限歡樂與驚奇！

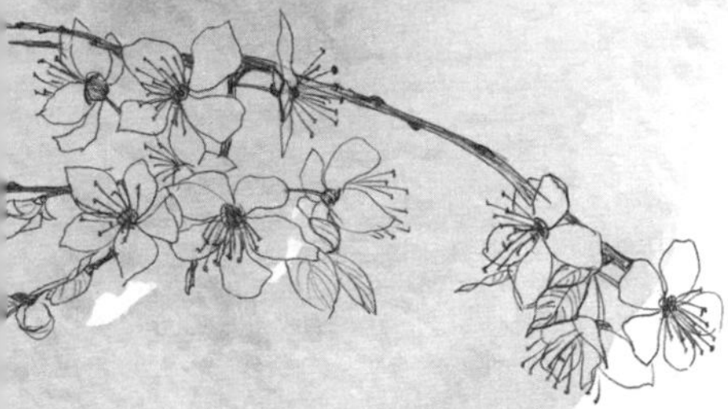

打倒蔣介石

看到題目，綠營別喜，藍營別怒。

小女子我，從學生時代起，就參加過許多社會運動：打響環保第一炮的鹿港反杜邦運動、拯救雛妓的彩虹運動、東埔布農族抗議祖墳被挖的示威活動、反核四運動……。

當年，我真的是年紀輕輕的小女子，做過文宣、搖過旗、吶過喊、上過街頭，也和警察大人爭執過。從前比不得現在，任何一場衝撞制度的社會運動，都沒有吉他、也少見民代；有的只是學生、知識份子與弱勢群眾澎湃的激情。激情中，更有漫天的悲情。

因此，藍、綠對我而言，一點都不重要。重要的是：內在的自省過不過得去、外在的法規合不合理。

一個題目，引發了好嚴肅的開場白喔！

可見——正面被質問立場、背後被貼標簽，是文化工作者最無奈的厭煩。或許等到這種厭煩，徹底被消除的那天，就是華人「從此過著幸福快樂日子」的一天吧？

言歸正傳，「打倒蔣介石」，竟然只是我家小臭妞愛玩的「遊戲」而已！

三歲的小臭妞，被爹娘帶回江西婺源的外公家，與五歲的表兄大頭，廝混了一個月，回梅山後，就滿口江西土腔了。

吃午飯時，她可憐的親娘，端著碗、拿著小湯匙，邊追、邊罵、邊懇求；而那隻小惡魔，套上媽媽的高跟鞋，邊跑、邊跌，邊哭、邊笑、又邊裝鬼臉。最後，小惡魔爬上高高的按摩椅椅背，打死不下來、也不吃飯，強迫小姑姑我陪她玩「打倒蔣介石」。

「『打倒蔣介石』——那是我小時候，全大陸小孩都在玩的遊戲，小臭妞現在也學會了。阿玲，妳先陪她玩玩。我餓了，先去扒碗飯吃」——我那年輕的嫂子丟下小惡魔，跑去飯桌了。

這……嗯……再過幾個小時，我可要粉墨登場——手裡拿著一支粉筆、肚子裡裝著半瓶墨水，對著中正大學的莘莘學子，講解《春秋》、《左傳》、《公羊傳》；還要板起臉來，當史評家，義正辭嚴的論述鄭莊公殺弟囚母：「兄不兄、弟不弟、君不君、臣不臣」的〈鄭伯克段於鄢〉課文。現在，要我跟一個三歲的小臭妞玩遊戲，比手畫腳不打緊，還要搖頭晃腦、扭腰兼擺臀，會不會太那個……等一會兒，上講臺，萬一精神錯亂了，怎麼辦？

我遲疑了一大下，腦海中隨即閃過蘇東坡所寫的詞：

「老夫聊發少年狂，左牽黃，右擎蒼。
錦帽貂裘，千騎卷平岡。

為報傾城隨太守，親射虎，看孫郎。
酒酣胸膽尚開張，鬢微霜，又何妨！
持節雲中，何日遣馮唐？
會挽雕弓如盈月，西北望，射天狼。」

哈！小女子雖無左手牽著黃獵犬、右臂擎著大蒼鷹的雄姿；也欠缺挽雕弓，射天狼的神技。但是，既然三歲小兒殷切相邀，再加上以絕食恐嚇威脅。小女子我呀！不妨也學東坡大爺發一發「少年狂」，重返久違的童年。何況，姑姪的天倫之樂，必然遠遠勝過「為報傾城隨太守」的人情負擔。再何況，這個「打倒蔣介石」的遊戲，應該要手腳並用、全身舞動，對小孩子的肢體協調、口耳配合是很好的；且人愈多愈好玩，絕對可以促進EQ、IQ的發展，也可預防老人癡呆。……

嘿、嘿、嘿！找到三四條天經地義的好處了。用這些冠冕堂皇的理由，可以稍微遮掩「為老不尊」、「大人玩小車」的尷尬吧！

開始玩囉！

「你一、我一，一休哥」

姑姪倆，一老一小、一大一矮，兩人面對面站立著，左手比出個1，右手再比出一個1。舉起兩隻1，拿到耳朵旁邊畫圓圈，做出一休和尚動動腦、想辦法的招牌動作。

「你二、我二，店小二」

我學著小臭妞：左手比出個大二叉，右手再比出個大二叉，再一手甩毛巾上肩、另一手端高盤子，走起臺步，走出客棧、飯館裡店小二的標準模樣。哈！看來王家的血統中，還真藏有不少演戲細胞的。

「你三、我三，三朵玫瑰」

小臭妞教我：左手比出個三，右手再比出個三，再合攏兩手於胸前。接著，慢慢舒展手指與手掌，像綻放了片片花瓣，變成了一朵盛開的玫瑰。

「你四、我四，四大金剛」

同樣的：左手比出四，右手再比出四，兩手再叉腰，摹擬怒目金剛現形人間。我耐性不佳，開始煩躁，隨便比一比，搪塞過去就好。不料，眼前這個三歲大的幼教老師超級嚴厲，一再指正我動作的錯誤、斥責我心態的懶散。

「你五、我五，拜見五公主」

左手前推，比出手掌五；右手再前推，比出另一個手掌五。兩手再合掌於胸前，彎腰下拜。我無奈，只好依樣畫葫蘆。但是，念頭一轉——這是怎麼著？共產主義的大陸，在三四十年前，也容許出現「公主」這樣的封建名詞？「拜見」這樣的迂腐字眼？而且，是在兒歌童玩當中，令人驚奇又納悶呀！

「你六、我六，六小靈童」

左手翹出大拇哥、小指頭，比出一個代號六；右手同樣。再將兩個六，放到耳朵旁，顛著頭、搖著手，身體轉一大圈，演出了小靈童活潑聰明的動作。三歲的她演得像極了，可愛指數爆表；我哪！演起來像大笨貓找不到尾巴。

「你七、我七，七仙女下凡」

還仙女下凡咧！有完沒完，煩不煩人呀？不玩不玩了！我扭頭想走。那隻小惡魔立馬撲過來，抱住我大腿；咧開黑嘴坑，大聲就哭……喔！好吧！好吧！當人家的姑姑，怎麼可以半途而廢，又拋棄小孩？我不是狠心的劉邦（他為了逃命，數度把一雙親生兒女推下馬車去），註定當不成開國大人物。

算了，算了，演下去吧！我跟著小惡魔：左手比出七，右手再比出七，兩手再比起蓮花指的手勢，一舉高放鼻前，一平放於心口，演出了仙女下凡的婀娜多姿。唉！我終於了解，古時候，東施小姐站在門口「效顰」時，她對門的鄰居，為何一戶戶都火速搬走了。

「你八、我八，八仙過海」

左手比出個八，右手再比出八，再從八仙中，挑一個自己最喜愛的神仙，學他的招牌姿態。臭妞兒選的是小小帥哥藍采和，我挑的當然是美貌的何仙姑囉！但是，小惡魔轉身拿來了叔公的拐杖，很體貼的遞給我：「小姑姑，您有了這個，演起李鐵拐就更像了。」

「你九、我九，大家喝老酒」

好人做到底：我左右手各比出個九數字，再端起隱形的酒杯，仰頭一飲而盡。這動作不難，我列名酒党（請注意！是這個崇尚人道的「党」，不是崇尚黑道的「黨」字喔！），是党魁——中央研究院院士曾永義教授的徒兒。曾老師的學問及為人我望塵莫及；還好，喝酒的本事我偷學了一點，還勉強可以不辱師門啦！所以，這老九與老酒嘛！我喜歡，不排斥！

「你十、我十，打倒蔣介石」

甚麼？甚麼跟甚麼！

我愣住了，只見三歲的小臭妞，做出了標準的殺戮動作：兩隻手掌伸出來，一起正面比出十；再翻過來，反面比出十；雙手再做出握緊槍桿子，瞇一眼瞄準、掃射：搭、搭、搭、搭……搭、搭、搭、搭……打起機關槍，把人轟成大蜂窩。

哈！只是童玩童戲嘛！驚嚇甚麼？認真甚麼？我也學上了，姑姪兩人你轟我射、我追你跑，玩得滿頭滿臉汗淋淋。

我那大陸嫂子也已習慣，吃過飯，放下碗筷，也過來加入追、趕、跑、跳、碰，不再大驚小怪了。

多年前，她剛從江西婺源嫁過來時，可不是這樣，完全不是這樣！

──除夕夜圍爐，席開三大桌，全是王氏家族自己人。

那年，剛剛改朝換代、藍綠變天了。大家對著選舉的結果，各抒天差地別的意見。於是，大哥礮轟國民黨、二哥棒打民進黨；小妹我左劈藍、右踢綠；眾姪甥晚輩們，則各自選邊站，敲鑼打鼓，打遊擊兼摸水鬼，刁鑽奸詐，戰術百出；為了壓歲錢著想，偶爾還會見風轉舵、陣前倒戈。

一場藍綠鏖戰，打得驚天動地、日月無光。從對岸來的她，突然放聲嚎哭：「這、這、這……嚇死人！會出事，這樣會出事！早晚會出人命……。」

其聲淒厲，穿瓦透牆！

於是，戰火嘎然停止，大將小兵個個愣在沙場。大哥立刻將嚇得瑟瑟發抖的新娘帶進房。這下子，要安撫驚弓之鳥，可能比國共合作、藍綠和解，還要艱鉅多了。

歲月如梭，這幾年來，反倒是大哥陪她回婺源時，時時要提醒她：「別胡說瞎鬧！妳以為妳在哪裡呀？」

而此時此刻，梅山老家中，蔣介石每被子彈打倒一次，小臭妞才肯吃一口飯。最後，被打倒的，是她精疲力盡、頭昏眼花的小姑姑。

夜裡，我從文學院教室，《左傳》的戰場中走出來。中秋快到了，明月將圓。回味起中午與小臭妞玩的遊戲，還是溫暖無限。只是，那麼好玩的遊戲，為何要敗在最後一句？大人們怎麼忍心，用殘酷的政治，染黑七彩的童年？

但會真的染黑嗎？我一遍遍捫心自問。

漫步在沁涼如水的校園，驀地想起：小時候，音樂教室裡，一位老師彈著風琴，另一位老師教著「學童唱遊」。那首進行曲，曲名早忘了；歌詞卻根深蒂固種在腦海：

「打倒倭寇，反共產，反共產。

消滅朱毛，殺漢奸，殺漢奸。

收復大陸，解救同胞。

服從領袖，完成革命。

三民主義實行，中華民族復興。

中華復興、民國萬歲，中華民國萬萬歲！」

當時，才讀小學二三年級的我，十歲還不到吧？一大群小小孩，邊唱邊踏步；不時要做出端槍、舉槍、刺槍的動作，好「殺朱拔毛」；又要舉手敬禮，來個「服從領袖」；握緊拳頭或高舉雙手，大唱「中華民國萬萬歲！」……

那段鋒火交兵的年代、骨肉分離的荒謬歲月；彼岸的文化大革命、此岸的二二八、白色恐怖……讓兩邊的兒歌童戲，都荒了腔、走了板，既離了譜又變了調。

該慶幸的是，歲月絕不為任何人稍稍停歇。歷史的洪流，終究滔滔東去。老蔣、小蔣，毛澤東、朱德，都已遠逝。大陸媽媽、臺灣爸爸所生的小臭妞，一高興，就可以大唱「打倒蔣介石」了。

看來，上天終於降下一丁點慈悲，給飽受戰亂的華人；也期盼著：未來的和平之路，不要再「道阻且長」了。

小小勇者

世界的屋脊——雪鄉西藏。藍天白雲下的布達拉宮，流傳著神奇的傳說、不朽的愛情。看它一眼就永生難忘。

遇到她，是清晨的六點多，在四川成都的飛機場。

她一個人，由空服員帶著要登機，孤身飛往西藏的第一大城：拉薩。

而我們一團二十來人，人多勢大，也正嘻嘻鬧鬧，準備搭乘九十分鐘的飛機，飛往舊絲路與茶馬古道的重鎮——西寧，先走馬看花一下，晚上九點多，再轉搭二十四小時的青藏鐵路，去布達拉宮的所在地——也是拉薩。

目的地同樣是拉薩，為何大陸小女孩搭飛機，走最快的捷徑；而我們遠從臺灣來，卻還要繞這麼一大圈，既浪費時間又消耗體力？

其實，不是為了省錢，是為了要體驗青藏鐵路。這條舉世聞名的鐵路，魅力是無可擋的。它號稱是自萬里長城之後，中國最偉大的工程；沿途的奇山異水，也是世界頂級的風景。

然而，更重要的是——只有放慢速度，緩緩進入地球上最大最高的高原，才可以緩和並減輕可怕的「人體高原反應」。要不然，就會如同前人所說的：到西藏是「心靈進入天堂，

身體墜往地獄」了。

我發現小小的女孩，胸前掛了個大大的牌子：「獨自旅行」。令人揪心的四個字，讓很多婆婆媽媽紅了眼眶——但純粹是驚訝、讚歎、佩服與擔心。

那廣漠高聳的青藏高原，大氣的含氧量，只有平地的百分之六十。若是搭飛機，從低海拔的成都，只需兩個小時多，就可抵達海拔三千六百五十公尺的拉薩。如此一來，女孩小小的身軀，要如何對抗排山倒海的「高原反應」？她會不會頭脹欲裂？她會不會嘔吐、腹瀉？會不會心悸、發燒？會不會呼吸困難？（後來，在青藏鐵路的火車上，這些症狀，本團就有不少人深受其苦了）

最重要的是：她那麼小！她的父母怎麼捨得她長途來回？怎麼放心她單獨遠征？

我蹲下身，柔聲問她：「小妹妹，妳幾歲了？」

她一臉陽光，伸出手掌，比出個「五」。燦燦爛爛笑了！

「去拉薩玩嗎？」

「不、不是！是要回家。」她吸著小盒裡的飲料。我確定那不是「紅景天」——預防高原症狀的中藥。旅行社在出發前一週，就不斷叮嚀團員要天天喝的。

「一個人搭飛機，怕不怕？要是我，肯定是怕怕的。」

「才不會呢！有啥好怕的？空服員阿姨會帶我、照顧我；爸比和媽咪也會到拉薩機場來接我！」她小嘴嘟了一下，彷彿抗議不該拿勇敢的她和膽小的我相比。

「小妹妹已經單獨旅行好幾回了，她最可愛、也最堅強了！」美麗大方的空姊，也忍不住大大的讚美她。

她又咧開小嘴兒，燦燦爛爛笑了！

往後，幾日，我在世界屋脊──西藏雪鄉，常常想到她的笑容──尤其，晴空萬里、陽光燦爛時……。

弄蛇的父子

為了謀生，這個印度父親帶著兒子在街頭賣藝。四歲的兒子瞪著不安的眼睛，望著一批批圍過來又散開去的各國遊客。

兒子那麼小，小到應該摟他在懷裡親吻、追在屁股後面餵飯、守他在床邊唱「一暝大一寸」。

可是，爸爸卻帶他出門幹活了，既沒摟、也沒親、更不必大手牽小手。小小的身軀乖乖跟隨著，不吵不鬧，平常又平靜，做過千回百遍似的。一雙沒穿鞋子的赤腳丫，踩在發燙的水泥及碎石礫上，也穩穩當當，沒打滑、沒跌跤。

爸爸的催眠曲是賺錢用的，不是唱給兒子聽的。

他黑黝黝的一雙大手，拿起了蛇笛——一個乾瓠瓜加上竹孔管，奇形怪狀的樂器。厚軟的嘴唇是暗赭色的，張開再合上，含住了笛口，臉頰鼓起來、消下去，消下去、再鼓起來。經由腹腔、胸腔、口腔吹出來的氣流，振動又共鳴。悠揚又詭譎的音符，便從蛇笛飄揚出來。

竹籃子裡，髒汙的白布被慢慢掀開。滿載著古代神話、鄉野傳說、與生命威脅的眼鏡蛇，先是沉睡著、蜷縮著，像驚蟄前寧靜的冬眠。

但是，笛聲縷縷，似沾衣欲溼的微雨、如拂面不寒的春風，鱗片覆蓋的蛇身已緩緩被驅動。兩隻沉睡的蛇靈，被柔柔的笛聲，從黑甜的睡國夢鄉裡，輕輕招回。

牠們睜開眼睛，憨乎乎的，瞬了瞬薄薄的眼膜，始終是未全醒的慵懶，帶著小小的埋怨，彷彿說：世間俗子真是煩呀！為何阻我尋夢、擾我酣眠。然而，鱗身在笛韻的撩撥下，有了情不自禁的回應。微微的扭動，是滿水位的水庫，細流涓涓，悄悄在洩洪。

涼冷的鱗身，輕微起伏著，扭滾出洪荒的蒙昧、翻騰起蛇族的罪與罰；也投射著人類七情六慾的瞋癡與妄想。

那不是海棠春睡的清麗、美人酒醒的嬌憨；更談不上烈士夢斷的悲壯，或英雄買醉的淒涼。

才纏綿了一會兒，笛聲便不再溫柔悠揚，節奏轉為疾風、聲量狂似暴雨了。急管繁絃如萬鞭笞下，蛇身已然完全醒覺。但是，魂被勾了、魄被攝了，變成不自主的傀儡。笛聲糾葛著情慾，盡是魅惑；笛枝旋繞著妄想，全是綁架。

竹籃已非竹籃，是聲光化電的戲臺。兩隻舞者既癲又狂，扭動著鱗身、交纏著頭尾，是一場淒美又壯闊的劇碼。

牠們倆是夫妻？是知己？是因緣萍聚？是相守不離？

弄蛇人搖搖頭也搖搖蛇笛。這樣的詢問，沒有任何意義。他是劇場的編劇兼導演，掌控著大局。狐疑的觀眾，對他而言，只有擾亂、沒有助益。

謝？

蛇兒是被合約拘綁的藝人？必須日日演出、場場賣力？精疲力竭之後，可有對等的酬

兩隻靈蛇再投身一搏，豎起千百條肌肉，撐住昂然奮發的雄姿。碧綠的眼珠子，射出飛箭的螢光；分叉的蛇信，伸伸又吐吐，滴淌出一絲絲黏液；上下兩對毒牙，尖銳又囂張，似四把殺人的利刃。

牠們噴氣騰騰、舞姿翩翩。不管現實是否殘酷，牠們絕對是盡責的演員，演出了古老印度的神祕。淋漓酣暢的舞蹈，讓所有遊客都鼓起掌、叫了好。

表演完後，蛇頸、蛇身還是昂昂挺立。弄蛇的父子瞪著一模一樣的黑白大眼睛，望向遊客；一頂破舊的布帽子，也伸向遊客。

該打賞的呀！蛇兒的演出，是如此的賣力。

遊客卻是一派漠然。是一路上看太多了嗎？這種弄蛇的把戲，打從踏上印度的土地，三天以來，已重複過四五遍，再怎麼精彩也彈性疲乏了。何況，導遊剛剛還說：「弄蛇人的收入，在印度算是不差的了。」

除此之外，這些遊客們還憋著一肚子鳥氣，無處可發洩——他們從新德里出發，前往

「世界遺產——泰姬瑪哈陵」，交通要道雖已修建為高速公路，但是，才二百多公里而已，卻搭了七個多小時的車子。導遊還很快樂的宣告：「你們運氣好，今天的高速公路車況良好，一點都不塞車。」

不塞車？他睜眼說瞎話！

塞呀！哪有不塞？不但塞大車小車，還塞牛車、三輪車、拼裝車、自行車、手推車……不管哪一種車，車上都堆著比車身大出幾十倍的貨物，搖搖墜墜的龐大，行駛得荒腔走板。

而且，不但塞車，還塞人！

老的、小的；男的、女的；纏白頭巾、留大落腮鬍的；披花豔紗麗、露肚臍眼的；打光腳、裸上身的；虯捲一頭黑髮、笑露一嘴白牙的……他們大剌剌或急慌慌，走在高速公路上；甚至，手一按分隔的欄杆，俐落的腿兒一跳，就躍到反方向的快車道上。

這位精通華語的印度導遊，一定很愛國。他察覺到遊覽車內氣氛異常，便拿出一份陳年報紙，翻譯了一小段報導：

「二〇一一年一月十一日，印度最大航空業者 IndiGo 表示：已經與法國空中巴士公司 (Airbus) 簽署初步協議，將購買一百八十架 A320 空中巴士客機。這不僅是全世界民航史上，最大的單筆噴射客機訂單，金額也創下一百五十六億美元的空前記錄。」

一百五十六億美元——哇！將近五千億的新臺幣。

遊覽車上的遊客烏氣更重了！因為，回首臺灣經濟的停滯、政黨的惡鬥，大家都不知道怎樣處理亂七八糟的情緒。

接著，遠遠的就被迫下了遊覽車，跟著導遊，學著印度人，穿梭在高速公路，徒步走向泰姬瑪哈陵時，大家更是烏氣亂竄。因此，面對著這個職業弄蛇藝人，臺灣遊客遲疑著，沒人把手伸進褲袋；也沒人打開錢包，掏出任何獎賞。

印度導遊見風轉舵，馬上撇下自己的同胞不管了。他舉起紅色三角旗晃了晃，大聲喊：「走囉！走囉！上路了，去看泰姬瑪哈陵，最偉大的愛情建築囉！」

於是，白看一場表演秀的遊客，便順勢要脫身了。

說時遲，那時快，弄蛇人突然大喊兩聲：「我兒子會表演！」、「我後生來表演！」天呀！竟然是華語，而且還國臺語雙聲帶。發音雖然不標準，但是，如雷貫耳。

所有的腳步都停下來，向前走一大步，圍得更近了。

於是，那位弄蛇爸爸歪過頭，對盤腿坐在身邊的兒子，嘰哩咕嚕說了幾句印度話。那小小孩兒點點頭，很熟練的伸出一隻手，探進膝蓋前另一個小竹籃，抓出一條滑不溜丟的小長蟲——也是毒蛇，舉到自己的臉前。蛇眼、小孩眼，四隻眼對視著，都炯炯有神。

那男人又對著遊客嘰哩咕嚕，說了好幾句話。

盡責的導遊翻譯著：「他說：他四歲的兒子很勇敢，不只敢抓蛇，還敢用眼睛對視著毒牙，完全不怕蛇噴毒液；甚至，還敢張開嘴巴，把蛇頭放進去……」

「不要、不要！拜託不要！」有位女遊客尖叫一聲，急急丟下錢，摀著臉跑開了。接著，一張張鈔票、一把把零錢，都放入那破舊的布帽裡。人散了，腳步匆匆，逃開似的。

「喂！喂！很好看，看完小孩的表演再走呀！」印度導遊高舉著紅旗。

「真的很好看！錢都給了，為甚麼不看、為甚麼不看？……」他一路追喊著。

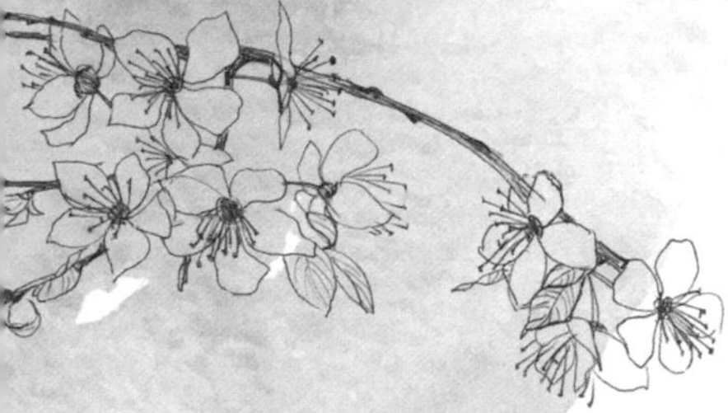

一百零六歲的阿祖

清晨，臺北市的小綠地——關渡水鳥公園。老老少少，隨著輕柔的音樂，甩甩手、轉轉腰；跟鳥兒蟲兒比早起，也順便向水牛及荷花道早安。

她坐在木條椅上，曬著軟柔柔的春陽。人們走過她身邊，都忍不住彎下腰，握握她的手、摟摟她的肩，左一聲「阿祖」、右一聲「阿祖」，喊得她笑瞇瞇、樂呵呵。而福氣滿盈的她，也會頻頻點點頭、揮揮手，分送祝福給公園裡的異姓子孫們。

阿祖耳聰目明，跟她說話，不必撐大喉嚨、拉高嗓門；她笑起來還有兩排整齊無缺的真牙。負責照顧她的南洋姑娘說：「阿祖最愛吃芭樂，切成小片，她會細細的啃、慢慢的嚼。」

每天清晨，為了健腿及強身，阿祖她扶著木頭圍欄，一口氣繞著大池塘走上好幾圈。開朗活潑、臺語說得極好的印尼姑娘，名叫安娜，疼阿祖疼到不得了：加減衣物、烹飪料理，陪伴散步之外，還會「綵衣娛親」，跳起南洋的木瓜舞、鬥雞舞，逗得阿祖滿臉笑呵呵。

聽說：阿祖她出生在臺南名門、留學過日本，學西醫、愛繪畫、懂音樂；已過世的丈夫，是臺北政治世家的才俊。夫妻倆生了九個孩子、一大群孫子，再繁衍了更多群的曾孫子、高孫兒，就分住在水鳥公園旁，好幾幢公寓的上下樓。

沒錯，一百零六歲的阿祖，是太陽系中的恆星，身旁有九大行星：水星、金星、地球、火星、小行星群、木星、土星、天王星、海王星、冥王星，依序圍著她，日夜繞行。

一百零六歲了！是怎樣漫長悠遠的歲月？

她比溥儀小六歲，而那位三次登基、三次退位的末代皇帝，早已先走了五十年。她小紐西蘭四歲、與中華民國同年。如火如荼的五四運動，在「外爭國權，內懲國賊」時，她還是八歲的天真女娃，離「娉娉嬝嬝十三餘，荳蔻梢頭二月初」的夢幻少女，還有小小的距離。兩顆原子彈逼得日本無條件投降時，她早已結婚生子，正要步入「江闊雲低，斷雁叫西風」的奮鬥壯年。兩年後，二二八的腥風血雨，燒遍全臺灣，導致身處政治世家的她，終身閉口，不談國事。一代強人蔣介石撒手人寰時，她步履健朗，才剛過耳順之年不久。

西元二〇〇〇年起，臺灣大選，藍綠變天了。八年、十六年過後，又再度綠變藍、藍變綠了。變、變、變，翻來覆去，變了三大遍了。她的晚年，卻是歲月靜好，只有悠然的閒適，沒有驚濤駭浪的風險。

來回日本、扎根臺灣，跟隨著中華民國的年號，渡過了一百零六個春秋。當繁華與滄桑已歷遍、歡喜與悲涼皆悟透時，人生究竟是甚麼況味？

間。

她默默不言，依舊用相同的坐姿、不變的眼神，對待著蒼蒼莽莽的塵世、浮浮沉沉的人

幾場春雨過後，公園裡的繁花開得更絢爛了。我挨坐在她身邊，撫握她溫暖厚實的手心，輕聲用臺語問：「阿祖！您會寒否？」

她搖搖頭，附在我耳邊說：「我最愛聞，含露珠、新挽落的含笑花！」

啊！她竟然聞到了！

我一陣驚喜，立刻從口袋中掏出來，替她別在髮髻上。那兩朵含笑，是我今早在自家庭院摘的。

她頷首微笑：「多謝呀！多謝！」

金黃的陽光，從雲端射下來，照得她一臉燦爛。

那絕對是活力滿滿、步步東升的晨曦，不是即將西斜的夕陽……。

閨蜜小甜

特別收錄　中篇小說

我和小甜天差又地遠，她會找我當閨蜜，不是瞎了雙眼，就是壞了心眼。

我不必照鏡子，也知道自己幾斤幾兩，烏鴉怎敢攀附鳳凰？她亮眼，我傷眼。她笑起來花好月圓，我笑起來月缺花殘。她俏溜溜、水靈靈，是讓男人心臟狂跳的天菜；我烏痲痲、肥嘟嘟，是男人哼鼻子的恐龍妹。她讓人瞅一眼，就跌進糖罐子，三魂七魄都裹上甜滋滋的蜜。

所以，她綽號叫小甜甜——穿著蓬蓬裙、高跟鞋，踩著華爾滋，從卡通世界裡，一路舞到人世間的可人兒。而我，像極了中藥店裡，用來消痔瘡、解熱毒，超級超級苦口、很難很難下嚥的那一味。更慘的是，我叫黃美蓮，「美」字非常名不符實，當然被扔了，直接就喊成「黃連」。

大學時代，我們倆就黏得死、纏得緊：不只同系、同寢室，還同進同出，秤不離砣、砣不離秤。偌大的校園裡，上有學長、中有同學、下有學弟，個個眼睛骨碌骨碌轉，精得像鬼。任誰都看得清、瞧得明：我是她不折不扣的「愛情經紀人」。沒通過經紀人，就約不到甜妞兒、見不到俏影子、喝不到夢幻咖啡，啥都別想，直接撞牆去陣亡吧！所以，想成為小甜甜青睞的「陶斯」或「安東尼」，除了要長得高、生得帥、姿態低、才華優之外，還要具備瘋狂的耐性。因為，無論是聊天、郊遊、露營、夜衝、唱KTV、看電影……小甜甜身邊，一定挾帶著重量可觀、食量驚人的苦黃連。

那四年，我享盡被大小男人包圍、討好，甚至諂媚、奉承的快樂。說真格的，那滋味可美的咧！足足可以讓我回味三輩子。但是，兩腳踏出校門，一頭栽進職場之後，沒了小甜甜的加持，我就失去了天下的男人。

我很奮發、也很頹廢。奮發的結果，讓我買下一間市區的二手屋、外加一部不算賴的四輪代步車，完全憑自己的真本事，沒用到男人的半毛錢。當然，也沒有男人願意為我花半毛錢！頹廢的結果，可樂、漢堡、軟沙發以及日劇、韓劇、偶像劇，把我從小恐龍餵成大雷龍。大雷龍，EQ好、人緣佳，雖不孤獨卻永遠寂寞。沒辦法！這年頭，再醜的男人也是要以貌「娶」人的。

然而，天之驕女小甜甜，竟也好不到哪裡去！

我總懷疑，天底下的男人，不是被牛屎糊了眼，就是被豬油矇了心，為何炮轟我錢包的紅色炸彈，新娘子都不是她？白白放著這麼標緻的可人兒，讓她踽踽獨行人間路，是宇宙間最詭異的不道德。

這種不道德，真的令人氣得牙癢癢。偏偏我這個「愛情經紀人」，卻鞭長莫及、愛莫能助，只好自動請辭，革掉職務。沒辦法呀！我在外商公司負責期貨買賣，晝夜顛倒；兩人雖同住臺北市，偏又一東一西。「人生不相見，動如參與商」的無奈，竟然發生在兩個閨蜜身上，悲哀呀！

週日，難得的清閒。暴虐的秋老虎，可能被驅逐出海，或是被武松打殺了。大清晨，涼颼颼的，被窩鬆軟又溫暖，教人不貪戀也難。我一下子四仰八叉、一下子綣曲如蠶，卯起勁來跟情郎纏綿。他——三千來歲的周公，是唯一肯陪伴我睡覺的好男人。

輾轉朦朧之際，小甜甜打開大門，進了臥房，擠上我的單身女子雙人床。是的，她不只知道我的保險櫃密碼，還擁有我大小門房的鑰匙。女人啊！除了男人必須獨佔，其他有的沒有的，都可以拿出來共產的，才配得上叫「閨蜜」。

「妳、妳來了？」我翻個身，睜不開眼睛，當然也口齒不清。

「嗯！」

「人間蒸發多久了？」

「一年九個月。」

「有甚麼事?」

「沒事!」

我打了個大冷顫,一大桶冰水從頭上淋下來,哆嗦了一大下,完全清醒了——只要她一說沒事,就鐵定是天大地大的事兒。

我扭手顫腳,搐抽了好幾回,終於撐起上半身。太急了,差點閃了腰骨,疼得齜牙咧嘴,更加口齒不清了:

「啊……啊……現在咧!是、是啥樣狀況?」

「沒事!」

「沒、沒事?準是死……死定了的大、大事。」我舌頭與牙齒鬧脾氣,磕來碰去的。平時,我可是優質的期貨操盤手,口才不是蓋的,今天怎麼搞的,著了魔?

再揉揉眼皮一瞧,哇!不得了:可人兒瘦了一大圈,凹下去的眼窩,不必塗眼影,就已經畫好最流行的煙燻妝;兩顆眼珠子黑幽幽,雖然不減晶亮,閃爍的卻是末世的磷光。清麗的巴掌小臉,擠出一朵微笑拋過來。我卻不忍接,因為——比哭還慘傷。

不能急、不許慌呀！我告誡自己。長腳短腳爬下床，不遮不掩，大剌剌當著她的面換下睡衣：「閨蜜就是要徹底分享。不管妳掏不掏妳的心，我還是願意把身上的肉分一半給妳。」

她終於笑了，但是，跟哭沒甚麼兩樣。

「走！我載妳吃早午餐去，SOGO百貨旁邊的巷子裡新開了一家店，好吃到爆；老闆又不吝嗇，起司超濃又超多，可樂、咖啡還可無限量續杯。」

她白了我一眼，撇了撇嘴角，那樣子是在罵：「就光會吃！餓死鬼投胎啊？肥死妳。」

我聳一聳肩，兩手一攤，無言的回應：「要不然咧？不吃，還不是照樣胖。」

往日的默契召喚些回來了，她白蒼蒼的臉頰，好不容易暈染上一抹血色：「哪！拿去，全帶來了，還溫熱，吃吧！」

「妳帶的能吃嗎？茶葉蛋、和風沙拉、無糖豆漿、崩裂牙的硬麵包？」

「妳去行天宮旁，擺個算命攤吧！包管：生意興隆通四海、財源廣進達三江。」她坐下，打開紙袋子，一樣樣拿出來。

果然！沒有一樣猜錯。歲月呀！算甚麼東東，快兩年沒見面，又怎樣？

「妳呢？」

「我不餓！」

「好吧！『無魚，蝦也好』。會賣這種東西的，是天殺天閹的缺舌頭、沒味蕾；會買這種東西的，上輩子不是蠢牛、就是笨羊。」這年頭，東西只要一標榜「健康」，就是定義「難吃」，全是我三輩子的仇人。

我心不甘、情不願上了餐桌，與三輩子的仇人廝殺。她像往日一樣，托著腮幫子觀戰，防止我棄械投降或厭戰逃亡。小小的臉龐，起先還閃著賊賊的笑，但是，沒一會兒，黑眼珠裡跳動的火苗，一點一絲弱下去，慢慢熄了，滅了。兩潭深眼窩，瑩瑩湧出淚泉來。

淚潭子蓄著、積著，儲滿了，溢出來、潰流下來……

我把一整盒面紙推到她面前，繼續啃我的黑麥核桃硬麵包。閨蜜的潛規則，就是要讓對方哭個夠。等到哭倦了或淚乾了，才可以單刀直入的逼問，就會有赤裸又完整的回答。

可人兒變成淚人兒了！我盯著她瞧，一大串自艾自憐竟然浮上心頭：唉！甚麼「人類生而平等」，絕對是謊話、鬼話兼屁話。為何我一哭起來，就眼淚鼻涕糊滿臉，喉門一望深似海，一點美感也沒有？而她！不管是低頭啜泣或哭斷肝腸，都像白居易大爺所說的「梨花一枝春帶雨」，既好看又浪漫。可見呀！「天生麗質」和「天生劣質」，雖是一字之差，卻是天淵之別。

面紙用掉了半盒。她睜著水洗後黑嚕嚕的眼睛，望向窗外藍得不近情理的天空。

「妳躲著我，自己去受苦受難，我有甚麼辦法？會讓女人心碎成這樣的，罪魁禍首鐵定是男人。說吧！是哪個臭男人？發生了甚麼事？」

我燒滾了開水，擺出心愛的陶壺與磁杯。一小撮烏龍，兩葉一心的嬌嫩，沖漾開的清香像手指，一絃一絲，揉彈著心事。水汽茶煙氤氳著，她的身影飄飄浮浮，像天涯歸來的遊魂。

「妳說呀！」我開始逼問了，語氣卻是少有的溫柔。

「到底怎麼了？慢慢說，講出來就會好些。喔……喔……別哭、別哭！」

她又哭了，這回是無聲無息的流淚。幽幽的流、流血似的流、地老天荒的流……能抵擋這種淚水的人，不是沒心肺，就是鐵肝腸。

我繞到背後，伸出兩手環抱她，她陷進我軟綿綿的肥肉中，或許會有些安慰及安全吧！

「別問，甚麼都別問！陪我，我們出去走走。」

「想去哪裡？」

「別問！一句都不能問。」

好吧，別問就別問，沒啥大不了的。我乖乖閉上嘴，準備當啞吧司機。

「檢查那『東西』，帶了沒？」她還是問了一句。這一句，從大一問起，只要是出門，從沒 lost 過一次。

「帶—帶—帶—了。聽妳訓示，包包帶著、家裡擱著、辦公室擺著、車上留著；還昭告鄰居、演練同事，培訓了一堆左右手。姑娘！我需不需要再登報買廣告？」我大聲回嘴，變隻惡狗，去吠咬好心的呂洞賓。

「乖！不常發作了吧？體質總會改變的。」

「放心，不會變鄧麗君啦！」我軟了氣，早就認命了。

但是，被一個傷透心的人關切，怎麼樣都不對勁。我伸過一隻手哈她癢：「不讓我問，妳自己拼命問。問、問、問、問！妳『葉問』啊妳？」

她歪腰，又閃又躲：「欸欸欸！小姐，妳在開車耶！」總算笑了。

車子從仁愛路，過中正紀念堂，繞景福門，右轉中山南路……

週末假日，車位照樣難找。酸風一陣吹一陣緊，兩排行道樹插入天際，乾癟的黃葉子，掛在枝頭死撐著，寧可簌簌發抖，也拒絕無依無靠的飄墜。人如浪、車如潮，兩個女子就這樣投身於大都會的滾滾洪流。

好好的床不躺，跑出來當遊魂野鬼？我側過臉，望她。

她淡然一笑，再頒布嚴令：「嘴巴沒問，眼睛也不准問！」

「是！遵命，女皇陛下。」我扭頭，直視正前方。

啥子道理？閨蜜變女僕？怎服氣！但算了，由她去，能開心就好。

天涼，卻哪有甚麼好個秋？好不容易停妥車子，門一開，風當頭當臉甩來一記大耳光；天外射下來的冷光像匕首，刺得眼珠子生疼。人車慌慌，一股腦向前奔，甚麼都止不住、留不了的焦躁。我喘氣咻咻，大把大把血液往脖棍子灌、朝天靈蓋衝，大腿內側也磨得發脹發痛。唉！瘦妞怎知胖妹苦？好吧，就當成跑五千，操體適能吧！

但是，她來這裡幹嘛？探病？看病？

橫過斑馬線，穿走廊、過廣場，直直晃進去的，那連幢連棟，土黃色系的醜建築，可是全臺灣最知名、最權威的「白色巨塔」哪！

大都會的人們，生、老、病、死，一輩子的四大關卡，都赤條條卡在白色巨塔裡。平時，遠遠的望它一眼，都覺得刺目扎心了，今天怎麼搞的？閒閒沒事幹，不去看電影、吃大餐，反倒逛起大醫院來？是頭殼壞掉？或是要參悟人生？

小甜穿著苧麻長罩衫，纖細高挑，一身紫飄飄的單薄。人群莽莽，她一下子被截過來、一下子被撞過去，像株被狂風凌虐的薰衣草。我發了狠勁，奮起腳丫子趕上去，一把挽住她臂膀。沒錯，閨蜜是幹啥用的？既然當得了啞吧司機，就當得起貼身保鑣，我都快被自己感動死了。

可是，小甜似乎不怎麼感動；不只不感動，好像也沒啥感覺。她划著腳步向前，相當平靜。那種平與靜，像劇痛後的麻木，似崩毀後的空茫。我倒抽幾口冷空氣，頭皮整片發麻。分明要整死我嘛！不清不楚，不能提、不許問，只能挾住她，泅泳在滔滔人海。人潮湧來蕩去、蕩去湧來……不停不休的推、撞、閃、擋，推、撞、閃、擋……影像拖慢了、知覺遲鈍了；一條條線歪了、折了；無數的點爆了、裂了。平面的、立體的空間全都在抖顫，一陣陣抽搐……映入我瞳孔的東西，一個個走形又失速。這是幻象幻覺嗎？為何連牆上的壁畫、柱子貼的標示、行人穿的顏色都在消褪，一絲牽動一縷、一塊崩拉一片，刨開、剝散、碎裂，汽化成濛濛煙霧……整座巨塔，談話不再嗡嗡作響、腳步啞了、連護理車瓶瓶罐罐的叮噹碰撞，也都徹底消音了。

荒謬的慢動作、無色無形的空蕩、消音滅聲後的窒息，讓我惶恐又迷惑。怎麼搞的？我明明睡得很好、吃得很飽，喝的是豆漿不是烈酒，怎麼元神離身、魂魄飄浮，浪遊在光怪陸離、歪七扭八的時空？這裡可是大醫院，不是蟲洞、黑洞或異次元，我腦子究竟在發甚麼癲哪？

喔！不行、不行，小甜已經在恍神了，我千萬不能也跟著癡呆。兩個都瘋傻了，誰來拯救呀？

我拍一拍自己的腦袋瓜、嚥了嚥口水，匆匆拉回四散的魂魄；再一字一音，用冷靜的告知，代替憂心的詢問：「小甜，這裡是加護病房。不是開放探視的特定時間，絕對是進不去、見不到的。」

非常時期，忍氣吞聲是必要的。沒關係，找機會再敲一頓鼎泰豐，讓她贖罪吧！

「進不去，見不到的……是的！進不去，見不到的……」她囁嚅出空洞的迴聲。

「知道就好！算了，算了，走吧！別杵在這裡發神經。」我拽著她，往電梯拖去。好端端的，幹嘛跑進白色巨塔修練，自討苦吃！

可是，她兩隻腳被大鋼釘釘死在地板，推不動、拉不走。奇怪！蕭稈子瘦的弱女子，哪來的這股蠻力？

「十天，他在裡面十天。」她恍悠悠，不知神遊在哪個太虛幻境。

「十天，我進不去，見不到。還要躲，躲在樓梯間、柱子後面，躲他的妻、躲他的兒。」

啊！慘！我就知道！苦戀也就罷了，妳這個笨蛋、傻瓜，妳白癡呀妳！就憑妳，甚麼男人要不到？偏偏去愛個不該愛、找個不該找的，不只有妻有兒，還是個病人——進加護病房的病人！

誰給我一根棍子？像球棒那麼粗的。我要當頭一棍，狠狠敲她：那種愛情遊戲、那種小三身份，不是妳小甜甜玩得起、當得了的。妳呀妳！妳丟盡閨蜜的臉。打妳！我要死命打妳、狠狠敲妳。我唾棄暴力，但這次一定要打，一棍一棍打。打！把妳打醒、徹頭徹尾給我醒過來！雖然，我沒打過人，妳這天生的小公主，也沒挨過打。但是，打！我一定真打，手不軟、心不疼。棍子呢？誰能給我一棒大棍子？

我閉著嘴，不問；垂下眼皮，不看；整張臉汗淋淋，指甲狠狠掐入掌心，瘀得血紅也掐得死白；心臟狂跳又猛撞，撞離了胸腔，直咚咚往下沉、往下墜，墜入無光無底的黑窟窿……。

妳呀！妳這個磨人精、說謊大王。妳騙我！妳手機Line給我的照片，一張張都笑得那麼燦爛。這些嗚哩哇喵、刮骨削肉的晦氣事兒，為甚麼不早點告訴我？打通電話訴訴、見個面說說，妳會死嗎？閨蜜是幹啥用的？

好啦、好啦！不怪妳了，妳別這樣死板板、病灰灰好嗎？好歹也哭一哭，像剛剛在家裡那樣子哭。會哭就不會死。哭、妳就哭一哭吧！拜託，我沒問、沒罵、更沒打；我有厚敦敦的肩膀，借妳，妳就哭吧！別這樣。

都怪我！這兩年來，我都在瞎忙、空茫又死盲，總覺得妳冰雪聰明，再怎樣，也差不到哪裡去；而且，來日很多又很長，未來想怎樣就怎樣，有啥好急的？可偏偏在這節骨眼上，妳遇著了煞星，被拉進地獄去被油煎、受火熬！

為甚麼妳不哭？為甚麼病灰灰的眼睛老是盯著我？

喔！不！妳才不是在盯我。妳的眼睛是穿越我腦袋、射透這鐵門，在加護病房裡搜尋，搜尋一張張病床、一個個病號。妳還想要進去看他？妳死腦筋呀！都拖磨成這樣了，看了，又能怎樣？

咦！不對，妳剛剛說他在這裡住十天，那……今天是第十一天？妳找我是要壯膽，想闖進去？或是，他已經出院？或是，他已經嗝了屁，見閻羅王去？啊！對、對不起，我沒有別的意思，我怕天打雷劈，再怎麼氣妳、討厭他，也不會造口業、下詛咒的。阿彌陀佛！我佛慈悲、我佛慈悲！

「開放探視的時間，是屬於他妻子兒子的，我只能遠遠躲著偷看。半夜沒人了，我按電鈴，求護士讓我見他一下。護士不准，說天亮再來。我就一直求一直求，最後，問我是他的甚麼人？我騙說是妹妹，從美國趕回來。她們要我出示證件登記，還要打手機請示他老婆……我、我就衝下樓逃出去……」

我不哭，絕不哭，是小甜妳在自取其辱、妳在幹傻事。銅牆鐵壁的加護病房，豈是妳這種笨女孩耍耍心機就騙得過的？也好，見不到也好，見到了又怎樣？想當看護？想替他把屎倒尿？免了吧！人家可是有老婆的，妳算哪根蒜、哪根蔥？

妳逃開了，沒被警衛當鬧雜人追吧？從前追妳、把妳捧為女神的帥哥型男，若知道妳這麼傻、這麼狼狽，會不會一個個都跳河、跳樓去？

所以咧！妳沒見到他？接下去呢？妳怎麼辦，冷掉那顆心了沒有？

喔！沒問，我沒問，沒用嘴巴問、也沒用眼睛問。我是孬種的閨蜜，妳滿意了吧！

那、那……我們可以離開了嗎？管那個男人是死是活，都有老婆、有小孩了，還來黏妳、招惹妳？所以，該天打雷劈的是他。去、去、去，走吧！離開這鬼地方，離開那沒天沒良的傢伙。

咦！妳真要走了？我沒罵出口、問出嘴的話，妳全聽到了？

可是，不對！妳半點也沒悔悟的樣子，反倒有上斷頭臺的絕決。究竟是哪個臭男人，把當年的女神，搞得死去活來又不死不活的？

拜託，別折磨我好嗎？好好的電梯妳不搭，幹嘛走樓梯？好幾層樓耶！節能減碳也不必這樣徹底；每下一個臺階，可憐的膝蓋都要承受我六倍的體重，磨損壓壞了，妳賠得了、揹得動嗎？

好了，好了，已經一樓了。出大門去吧！離開這白森森的鬼地方，我們捧一大筒爆米花、兩杯可樂，進國賓影城去看笑鬧片；再去新光百貨、微風廣場，狠狠下單血拼。心靈的創傷，誰說不能用物質來治療兼粉刷？走，咱們出去。我眼不問、嘴不提的，但總可以帶妳去吃喝玩樂吧！走！出大廳去！

妳又在發甚麼神經！幹嘛一層又一層往地下三樓走？樓梯間沒甚麼人，越走越荒涼。白色的巨塔是病老所、生死場，沒有步步蓮花生，只有一步一驚心。妳到底要幹嘛？我膽子不大，別嚇唬我。

其實，小甜她沒嚇唬我，真正駭死我的是白漫漫的牆、彎來折去的廊道。一支接一支的箭頭，指引路標，路標帶動方向。她呀！扯著我也倚著我，一步步向前划去。

大醫院的地下室三樓，是一切的定局與結局。生命終點站的站名，是那三個字。

為甚麼帶我來這裡？妳到底經歷了甚麼事？

我好似被一記記鞭子狂抽著，皮綻肉開，明白了、也毀壞了……小甜的聲音卻很太平，太平間前，無起無伏的太平：

「他從加護病房出來了。妻子攬著兒子，兒子扶著妻子，一家三口靠得緊緊的、一家三口……他躺著，不是用病床送，是用窄窄的不鏽鋼擔架推。我遙遙守了十天，守成這樣……我沒逃沒躲，癡癡恍恍。他兒子走過時，抬眼望了我一下。那一眼，好深的一眼……他們一家三口，被帶進專用電梯了。我轉過頭，衝下去，衝下樓梯，一直衝，一層又一層。他走了，永遠走了……」

他走到生命的終點？這到底怎麼回事？妳的愛人，已是人夫、人父，不會又是個病人、老人吧？他是誰？誰值得妳瘋狂成這樣？

啊！我沒問，甚麼都沒問，妳撐著點，我們走，趕緊走吧！這裡，不管門外站著、門內躺著，滋味都不太好受。雖然，躺著進了這道門，再崎嶇的人生也變太平了。可是，沒人甘心哪！

小甜還是定腳杵著，我費了九牛二虎外加兩頭大象的力氣，也拉不走。

「他被推進這裡了，妻子兒子也跟去了。我站在外面……只想見他一下。再看一下，或許就可以放下……讓我再看一下，看一下就好！」

拜託！他死了身，妳就死了心吧！讓妳再看一眼，只怕——更放不下。

「我依稀聽到裡面的哭聲、誦經聲，不知道是不是為他……我癱軟在牆角，全身力氣都掏光了、洩盡了。只想見他……一次，一次就好；一秒，一秒也行。兩年多，我們在一起兩年多。兩年，換一秒，不行麼？……」

果然，是這兩年發生的事。兩年來，我一頭栽進花格格、亂哄哄，搶進殺出、瞬息萬變的期貨世界。我真他媽的！怎麼這麼無情無義、怎麼這麼荒唐徹底？我連那男人是誰都不知道……我怎對得起閨蜜妳？

「我兩年——換不到一秒，換不到一秒……有人走了過來……伸手、伸出手想扶我站起來，力氣不夠大，就蹲下來，陪我。蹲低了，陪著我，也哀哀欲絕……漂亮的大男孩，像高中生。是小一號年輕的他，複製著他的五官、他的眼神……我癡癡迷迷望著，是他沒錯，借著他兒子活回來，活回來了！來看我，發著抖，他、他看我，看著我……」

喔！是他的兒子？你們認識？

但他、他想幹嘛？老子撇下妳走了；兒子前腳接後腳的來怪妳、罵妳嗎？他們家包贏不包輸，妳這個大傻瓜，醒醒吧！

「他止哭了，眼睛卻紅腫，我看到了喪父的淒惶無助。但是，他、他——竟然掏出手帕遞給我，那動作像他爸爸。真像，一模一樣……」

好啊！小小兔崽子，全學上了呀！長大後，一定跟他爹一樣，拐女人一把罩的。但，生氣歸生氣，這輩子，只有韓劇、日劇的男主角惹我哭過，從沒有男人掏出手帕替我擦淚過。唉！真他媽的，算白活了！

然後呢？那隻小兔崽子，是天良發現？是代母問罪？他幹了說了些啥？

「他陪我蹲著，窩在牆角……他開口說話了，聲音還抖著，抖、抖不停，可還是複製著他爸爸的，一模一樣、一模一樣。那聲音、那五官、那眼神——沒有病、沒有死亡、沒有離開……」

真想再拿球棒K妳！這有啥好感動的？妳在發甚麼癲？兒子不像老子，難道要像隔壁的小王或樓下的老張？妳講重點好不好！那隻兔崽子怎麼認出妳、知道妳？還有，幹嘛出太平間找妳？對妳說了些甚麼？老子閉眼在裡面挺著，兒子不去跪著、嚎著，跑出來尋妳，究竟是甚麼居心？想幹甚麼壞事？

「他兒子說了……說話了，用他爸爸的聲音——沒生病、不死又不滅的聲音：『小甜阿姨，妳、妳是小甜阿姨，對不對？』」

嚇！老天！連妳的名字他都知道，那、那還有甚麼不知道的？

「我定定看著那兒子，有著他的眼睛、鼻子、頭髮、聲音、氣味的兒子……他並沒有離開、一步也沒有離開……」

好、好、好！那隻兔崽子原形不改、原音再現、完全像他老子。我同意，我舉雙手雙腳贊成，可以了吧！求求妳，再恍神下去，妳遲早魂飛魄散，清醒一點好不好？

「他說，他說了：『小甜阿姨，我偷看了爸爸的電腦……他住院，我睡不著覺、看不下書，就破解密碼，進入他的加密檔案，看到妳的照片，知道你們的事……』」

哇塞！小小兔崽子不學好，當起了電腦駭客，駭進他老子不可告人的世界。老子已經把妳害得生不生、死不死了；小子再駭進來捅一刀嗎？

「他說，用他爸爸一模一樣的聲音說：『隔天，我單獨進了加護病房，握起爸爸的手，插滿注射管子的手，小小聲在他耳邊說：「爸！我都知道了，知道小甜阿姨的事了……」爸爸昏迷五六天了，可那時候，他眼角滑出淚滴，真的滑出了淚滴……』。」

他騙人、他騙人！我不信、絕不相信！這小子跟我一樣，偶像劇看太多了，才會胡謅又亂編……這隻天殺的小兔崽子，一定是「匿名者」駭客幫的超級成員，搞不好又兼職詐騙集團的首腦。他在哄妳，哄妳去陪死、去殉葬。他怎麼不去哄他媽？真他媽的！

「他兒子告訴我：『爸爸只掉那一次淚，只掉那一次淚……那天，我就知道爸爸回不了家了。所以，我回到家，就偷偷把加密檔案刪掉，徹徹底底的刪，刪得乾乾淨淨。小甜阿姨，您放心，沒有其他人，包括我媽媽，沒有人會知道你們的事了……』

周到又周密呀！這隻小兔崽子，還真不賴，還算是人生父母養的。可、可是……傻孩子，你刪了那一大段，小甜阿姨的生命也就空白了一大段，永遠失去憑藉、永遠變成空白……而且，千傷萬痛過後，能回歸無波無痕的空白嗎？刪得掉檔案，刪得掉那些記憶嗎？啊！瘋了、瘋了，我在感傷些甚麼？著魔真的會傳染？我也在恍神嗎？怎麼可以輸給那隻小兔崽子？清醒、清醒，別火上澆油了我！

「是他的兒子——有著他一雙眼睛的兒子，低下頭，不敢看我，但是，聲音對準了我，很堅強、很固執、也很脆弱：『我媽媽甚麼都不知道，請您、求求您，繼續讓她不知道……』」

好小子！你真的只讀高中嗎？你他媽的，還真是成熟呀！小甜也真是丟臉，談了兩年的戀愛，連人家兒子多大都不清不楚，搞不好已經大三大四或研一研二了。算了、算了，年紀不重要，不是爹寶媽寶才重要。這隻小小兔崽子，腦子清楚、行為可取，難得呦！

「他又說：『爸爸走了……小甜阿姨，對不起，真的很對不起，我必須保護媽媽。

她是很傳統的女人，她很愛爸爸，她會受不了……」

小兔崽子，你他媽受不了，喔！不，你的媽受不了，我的小甜就受得了？你全家真的包贏不包輸！憑甚麼叫別人無聲無息？這兩年，小甜害怕見光死，一定做小又伏低，連我這個閨蜜她都徹底躲著，不敢見、不敢說。現在，好了！一切完了、了結了，她落得一身傷痛、兩手空空，還輪到你這個當兒子的，來管訓老子的女人嗎？你們家擁有一張婚姻證書，就可以這麼大剌剌、橫霸霸，理直氣壯的傷人嗎？

不過，好小子！你是對的，我不得不承認，你真他媽的，完全做對了……。

小甜，接受那隻小兔崽子的要求吧！

要求、請求、懇求、哀求……不管啥勞什子的「求」，就是要妳當個「解鈴還需繫鈴人」。拜託妳默默離開，假裝妳與那個人夫、人父，從來就沒甚麼瓜葛、沒甚麼交集。千般愛，萬般情，都要消磁銷檔，一切歸零。是的，「自做自受」這四個字，再怎麼殘酷，妳也是要打落牙和血吞的。

小甜，認賠出場吧！愛上不該愛的人，註定就是輸家。或許，妳只是愛他，不計輸贏、不懼後果。但是，他走都走了，還能陪妳面對甚麼？

「最後，他兒子摟著我，摟著我撐起身，把我扶起來：『小甜阿姨，我知道您非常非常愛我爸爸。但是，爸爸死了，請您愛屋及烏，再愛一下我爸爸的兒子和妻子好嗎？求求您，只要您不出現——喪禮不出現、永遠都不出現。媽媽再怎麼悲傷，也會慢慢好起來……』」

媽的！你的媽會慢慢好起來；小甜呢？她好得起來嗎？你這隻小兔崽子，你厲害，我佩服。但是，沒見最後一面，沒好好say good-bye，小甜她，要怎麼療傷呀？

「他哭了，摟著我，趴在我肩上哀哀哭了。然後，他跑進去，跑回去他爸爸媽媽的身邊……」

是呀！人家是血肉相連的一家人，妳卻是不折不扣的局外人。好了，好了，烏煙瘴氣的事都過了，咱們走吧！這兩年，夠妳受的了。結束了，就重新開始。我會陪著。

陪！要陪妳去哪裡呀？妳不准我開口問，卻把我車子的衛星導航設定去辛亥隧道旁的那座大建築。

慘了，妳還真是想不開耶！那地方，只要去一次，心情就盪到谷底好幾天。拜託啦！可不可以不要去？我愛看風花雪月的偶像劇，可不喜歡不造假的現實悲劇，妳能不能饒了我？

再說，折騰了這一個早上，我餓了，這裡好停車，又有一間「吉野家」。妳討厭吃美國麥當勞，那下車先吃個香噴噴的日本牛丼飯，總不犯天條吧？

「吃飯不積極，腦子有問題。來！這碗是妳小甜公主的。今天，我當足了啞吧司機、貼身保鑣、乖巧女僕，三種身份軋在一起，累得半死，總算可以歇歇腿，餵一餵肚子裡的饞蟲了。」

咦！為甚麼不吃？怎麼可能沒胃口？妳呀！會瘦成這樣，不是沒原因的。好啦、好啦！心可以受傷，腸胃可不能受委屈。「吃飯皇帝大」，不填飽肚子，哪有力氣傷心？

嗨嗨嗨！不吃就拉倒，幹嘛皺起眉頭，一副噁心倒胃的樣子。妳這不吃、那不嚐的，不會變成美仙女，只會變成白骨精！

小甜還是把牛丼飯推過來：「妳吃吧！」但是，才一轉念，她又閃電搶回去：「不行，妳不能當飯桶！」還撈過界，把我碗裡美滋滋的飯肉撥出一半。唉！殘酷呀！

不過，在最傷痛的時候，還妄想讓我變窈窕，挺有良心的嘛！等一會兒報仇兼報恩，買一瓶鮮奶灌妳。妳不喝，我就不開車。

「哪！拿去，妳慢慢喝，我慢慢開。一整個早上，我都乖，眼睛嘴巴都管得死密死緊、不瞧不問的。可現在，別去辛亥隧道那裡好不好！我八字輕，今年又犯太歲，家裡老奶奶千叮嚀萬交代，叫我別去夾衰帶煞的所在。」

她用吸管一小口一小口吸，不應、不答、也不抬眼瞧我，側邊的臉像一尊石膏像，蒼白又冷硬。我鼻頭一酸，覺得自己真他媽的，是混蛋、是膽小鬼。她敢回首種種不堪、又對我剖心剖肝，我還東閃西躲的，不敢陪她重回天崩地裂的地方！

「好啦！好啦！去就去。誰怕誰？蟑螂怕拖鞋，烏龜怕鐵鎚？反正我呀！總拗不贏妳，天生是當宮女『答應』的料。」

這麼賣力演出了，她卻笑不出來，嘴角才牽動一下，就淹落汪洋大海。

喝落喉的牛奶，似乎在她肚子裡不太安份。暈車麼？會不會是我轉彎太急、車速太快？我再放慢些，油門與煞車都控管妥了，她仍壓不住體腔內的翻攪。比了比手勢，要我路邊緊急停車，她三腳併兩腳，衝進加油站的洗手間去。

糟糕！都是我惹的禍！

好一會兒，她才踱了出來。坐上車，臉白得像蠟，一粒粒汗珠爆滿額頭，衝著我淡然一笑：「沒事！放心。」

沒事就是大事，這麼逞強的女人，我還有甚麼話說？

「不去了！去那裡不好。不去、不去了！」她突然來個大轉折。

「真的？不去？是妳決定的喔！我可沒強求。現在，別賴我；以後，也別怨我。」我裝腔作勢，其實謝天謝地。

「是的，不去了。去了不好，對我們不好……」她抽呼著冷涼的空氣，靠著椅背，閉上眼皮，是電力耗盡後的虛脫，又像領悟或警覺到甚麼。總之，五味雜陳。

「對！只要不去那裡，去血拼、去看電影、去吃大餐都行，全部我買單，花個痛快。總之，我今天呀！『好人做到底，送佛送到西』。」拍拍方向盤，我扭轉車頭，也扭轉話頭，慶幸不必栽落辛亥隧道旁，那沸沸滾滾的生死送別站——殯儀館。

車子滑向前，很慢，很聽話，很遵守約定，沒開口：「接著，要去哪裡？」

「我們去海邊走走！」她回答我全身細胞的詢問。

「呀呼~~~」我踩油門，飆起高速，人車合一的輕快起來。啊！不行、不行，安份！不能再害她暈車了。

我暗暗禱告，但願這下是美好的、全心又全新的開始。剛才押禁在白色巨塔裡，連我這個旁聽、旁觀、旁想者，都傷痕累累了，何況風暴當頭、慘遭酷刑的她！那隻小兔崽子，不管是誠心或歹意，使的是妙計也罷、苦肉計也罷，都算奏效了。小甜應該被逐出生死愛恨的暴風圈，更巨大的悲摧，她不必再親臨親受，既不傷人，也不害己了。

啊！我眼窩又開始發熱，真他媽的！想不到還該謝謝那隻小兔崽子！

不過，小甜幹嘛想去殯儀館？現在又要去海邊？莫非她還困在颱風眼，暫時的無風無雨，只是表相？

我左轉右彎，方向盤完全執行她下達的指令。從羅斯福路折返中山南路、承德路，再接大度路、上淡金公路。奇怪！不會開車的她，路怎麼這麼熟？甚至指引我：折向海濱，斜進岔路，找到一家紅瓦白牆，雅緻靜謐的小咖啡館。

好吧！到咖啡館，總比去殯儀館好太多了。

二樓，凭欄的露天陽臺，翻騰在腳下的是千頃碧浪。

「他帶我來過幾次，一坐就一下午。這裡的咖啡、烏龍茶都來自嘉義梅山；手工餅乾及蛋糕，都是老闆娘親手烘焙的。」

兩杯黑咖啡，啜飲出滾燙又迷離的往事。樓下的海潮，呼嘯著萬馬奔騰的氣魄：一波吸捲一浪，一浪聚攏一潮，轟轟轟～唰～、轟轟轟～唰～，波波浪潮，蓄養著宇宙洪荒的蠻力，蠻向大石礁，衝過去、撞上去，撞得粉身碎骨，無懼又無悔……湧盡了，力竭了，浪頭碎成綿綿泡沫，雖苦苦攀纏，卻也只能退讓，一吋一分悠悠滑落，流歸到無垠無涯的滄海。

兩個女人，兩座心海，都在轟—轟—轟～唰～、轟—轟—轟～唰～……

講吧！妳剛剛想去殯儀館，鐵定是去相送過了。

她凝視海，捲起千堆雪的大海，視網膜上放映著最後的送別：「是有頭有臉的大場面。但，他在意嗎？白百合、黃百合、黃菊、白菊，從場內擺到場外，一個又一個的花柱花籃，都在『痛失英才』，都在『音容宛在』……我還是躲得遠遠的、無聲無息的。麥克風在家祭、公祭，鞠躬、上香、獻花、家屬答謝……告別式！用那樣的方式向人間告別，他怎麼會甘心？」

小甜語調輕緩，像波瀾不驚的水面。在腐入心、蝕透骨之後，彷彿只剩下一種姿態，一種冷眉冷眼，卯上命運的姿態：「來吧！看你還能怎樣？」

但是，不該呀！她曾經那麼慧黠，那麼讓大小男生神魂顛倒，卻愛也愛不著、恨也恨不到，現在怎麼落得這般？落得這般？

「我一身黑紗、墨鏡，腰間繫著紅絲帶、髮上夾著小白絨，遙遙立在告別式的場外，像別戶喪家的眷屬，與他不相干，不是他的情人，更不是他的未亡人……我遠遠的，沒有失信於他兒子，也不想背叛我自己。」

腰間繫著紅絲帶？是代表生死相連、不離不分嗎？咖啡在我的白瓷杯裡潑濺，輕微微。我低頭，啜飲著黑色的暈眩。

「兩年了！送一下，也就只能遙遙遠遠、偷偷摸摸送一下……結束了，一切終究結束了。他被推了出來，就躺在那窄窄的木盒子裡。好端端的一個人，會笑會開車、會帶我去山畔水涯的人，不到一個月，怎就進那木盒子裡？……」

妳自己挨上身子，去承接千刀萬剮，妳這個大傻瓜！還有，妳說不到一個月，那是甚麼意思？難道過世前的一個月，他還是好好的？到底是生甚麼病？或是發生甚麼意外？

算了！我沒問，甚麼都沒問。

「送行了！前有法師誦經，後有國樂吹奏。他的家人相隨，沒有披麻帶孝，是幾襲黑袍。妻子捧著照片、兒子端著香爐，緊緊倚靠著……是的，有人倚靠著真好、真好……」

對不起，真對不起！那毀天滅地、痛入骨髓的現場，我竟然讓妳一個人，孤獨一個人……我真他媽的該死！

「一群人，那麼多的一群人，慢慢行，送他行……到了，送到大火爐前。還是照樣誦經、獻花、上香。煙香裊裊，行禮如儀……我遙見他的妻與兒，轉過身，向眾人跪別叩謝。那兒子還是、還是往人群深深尋了一眼。是在尋我嗎？是不希望或期望我在？真想上前告訴他：我在，我們都在，不出聲、不現形、不傷害。但是，我在、我們在，不能不在……孩子！你不孤單……」

小甜軟柔的聲音，是高解析度的螢幕，放映著我不忍看的畫面。她送別她心愛的男人、我心疼我在意的女人，都無解。

「他兒子被司儀引領著，摁下啟動爐火的按鈕。依照習俗，先大喊：『爸爸快跑、快跑，大火要來了！』……人，我的人，有跑開嗎？烈燄燒起來了，燒過來了，化他成煙、燒他成灰……那曾握我牽我的手、曾癡癡凝望我的眼、曾為我躍動的心臟，都化成煙、都燒成灰了……人！我的人。」

我站起身，幫她圍上羊絨披肩，再一次摟她，緊緊摟住她……不讓她看見我決堤的淚水。

她也曾這樣子摟我，緊緊摟我。

——剛入大學的那年，被陽光寵慣了的南部孩子，很難適應北臺灣的溼冷。那天，寒流大發威，我氣喘大發作：課上到一半，身子突然一歪一傾，直接從座位摔下來。

我鼻孔怒張又憋縮，哼哼噴氣，像鏽掉了的唧筒；張大嘴巴，空氣卻被擋住、卡死，一口斷去了，另一口續不上來。死神從冥界飛降了，雙翼噗噗像大蝙蝠，烏黑的巨爪子，硬掐住我的喉嚨。祂陰陰獰笑著，手勁愈下愈強。我氣管、喉管、肺管全在痙攣，搶不到流蕩的空氣，嘎—咕—哽……嘎、嘎—咕—哽……哽~哽~……我提不上氣，喘不進、呼不出……牛頭馬面的鐵鍊也來勒我脖子，一寸寸箍勒、一寸寸緊縮。我莫名其妙被判處殘酷的絞刑，而且當眾執行。

菜鳥老師嚇得語無倫次；一群同學，有的快哭出來；有的七手八腳相救，卻把我推得更逼近鬼門關。只有她——小甜，抖著手指，從我的書袋子底，翻出氣管擴張劑，扶住我下顎，往我嘴裡噴了噴。接著，她坐下地，把我摟著，用單薄的身子支著、撐著，一直摟到護理人員趕來。

醫院裡，凍僵的深夜，我七葷八素醒過來。她，蜷縮在椅子，衝著我上揚嘴角，眼睛瞇成兩彎眉月，眼睫毛是一對翅膀，拍呀拍的，像彩蝶。

那一次，是她，她——扳開死神的黑爪、扯斷牛頭馬面的鐵鍊，把我拉了回來。是她，她在。不只那一次，好幾次，都是她，她——都在。

但，這一次，我卻不在。她沉浮於生命的大海嘯，游不靠岸。我卻在岸上，吃香喝辣，優遊自在。甚麼不知者無罪？閨蜜不知不曉，就是漫天蓋地的罪！

「我遠遠守著，守著他化成煙、化成灰。煙盡了，火滅了。我也跟著燒光了、化盡了……出來了！他被妻兒捧著，風飄黑衫，飄上車去。開走了，不知開去哪裡？茫茫天地，不知去哪裡了？」

妳、小甜妳！不會立在滾滾煙塵，無語問蒼天吧？那是偶像劇才會灑的狗血。冷靜如妳，不會那樣、不要那樣，拜託！

「我失去他了。他被帶往何方？何方？……」

別急、別難過！找得到的，一定有線索找得到的。妳打聽得到他的出殯日，怎會找不到他的安置所？不難的，一定不難的……

咦！我昏頭了，怎麼也在敲邊鼓？找不到，不是更好嗎？不必魂牽夢繫、念茲在茲。日子久了，說不定就卸下了、安穩了。我怎麼搞的？跟著她瘋魔？

「我們走吧！咖啡涼了。」

咖啡涼，天更涼，是該走了。但是，去哪裡呀？

其實不必問，也知道會到這裡。生命軀殼的完結篇、終程站，不管是歸塵歸土、化煙化灰，都不會有太大的差別。打從小甜說要到海邊走走，我就懷疑會到這裡。果然！

這裡，海濱的最高崗，四周綿延著好幾脈山脊。秋已盡，山未老。一脈脈起伏的山巒，馱負著林野的金黃蒼翠，慢呀慢的，彎低腰、伏壓下龐大的身軀，匍匐前進著。把最後的繁華，馱到了海灣。卸下一身的繽紛豔彩之後，再率性的一拋，拋入汪洋大海，任它們去漂染、去浸漬……。

那個生前死後，都被深深眷愛的男人，就長眠在這塵世的邊陲。小甜風中佇立，眼睛變成細膩的畫筆，一筆一墨，描山又摹水。是不是要這樣專注，日後想他念他時，才會有方有位？

她應該是第一次來。第一次！才會冷冷靜靜又不冷不靜到這種程度。

進了大殿，金光熠熠的塑像——「西方三聖」，就矗聳於正前：阿彌陀佛居中，觀世音菩薩、大勢至菩薩脅侍左右。祂們低眉俯瞰，是在悲憫人世的擾攘？祂們垂手接引，是想渡化眾生，領往西方極樂世界？但極樂是如何？西方在何方？長年以來，幾番氣喘發作，出入鬼門關，我怎不知人命的孤弱與危脆？倘若死後無所知，一縷魂魄，將何往何依？而生者沉沉的哀痛，又何時何日才能化解？

小甜悠悠下跪，伏倒於壇前，抬眼仰視神佛，淚出如血。

「……不生不滅、不垢不淨……乃至無老死，亦無老死盡。無苦、集、滅、道……無罣礙故，無有恐怖，遠離顛倒夢想……」

大廳中，呢喃迴旋著梵誦。木魚輕敲、磬聲悠揚，是熟悉的《心經》。經文剝開人間兒女一層又一層的皮相，現出了最柔軟、最脆弱的本心，但仍是淒惶無助呀！我眼淚鼻涕糊滿臉，也屈膝下跪。佛！如何才能無罣無礙，遠離顛倒夢想？我們癡頑無知，完全辦不到呀！

心潮澎湃了良久，終歸要緩緩平息。我扶起了小甜；她遞過來軟軟的手帕。我心一凜，止住的淚又撲簌簌掉落——她一意尋他，還帶著我來見他。這份心，我怎會不懂！

也真是不容易！她事先做足了功課。不但打探到寺院的潛規則；更清楚管事的師父是誰，知道如何出手。還要在最悲摧的時刻，藏好傷、忍住痛，用電話扮演路人甲乙、上網路充當福爾摩斯……她是怎麼辦到的？

一陣不慍不火的寒喧，當面捐了一疊香油錢進玻璃櫃，再萬分謙恭的詢問塔位與編號。小甜俯身禮敬，雙手合十：「感恩師父，阿彌陀佛！」

緊握著得來不易的鑰匙，我們進入茫茫塔海尋覓了。

不是塔海，是擁擠的墳場！

木頭原色的巨大櫃子，一排排一列列，從地面頂到了屋梁。每排每列再隔成一小格一小格，真的比蜜蜂窩、螞蟻巢還要節省空間。

小甜尋覓所愛，一步一錐心。我穿梭於墳場，則是膽戰心驚。

這樣子的初體驗，怎會輕易遺忘？

雖然有指標、有編號，但對傷心的她、驚慌的我，起不了甚麼作用。兩個女子牽著、握著，我的掌心溼漉漉，她則顫危危。握緊些，再握緊些！總要握出一些力量來，好面對這樣的世界。

這裡的世界，甚麼都小，再怎麼大起大落、大風大浪，最後，也只剩下小小方格。方格子外面鑲嵌著小相片。小相片中：性別有男女、年紀有老少、長相有美醜……一雙雙昏矇的、清洌的、嬌媚的、炯亮的眼睛，都在打量兩個不速之客。會不會有隻手伸出來搭我的肩？會不會有條腿蹬出來絆她跌跤？擠在這裡，漫漫歲月好過嗎？三姑六婆、七爺八叔們，會不會串門子？喔！錯，是串格子，聊是非。生前的恩怨情仇全放下嗎？會不會囚在這裡，反而量變又質變，衍化成茶壺裡的風暴？

寺方的編號毫不科學，岔來繞去的，像鬼打牆。我們東尋西找，困在格子陣中跋涉。淒惶的是眼睛、踉蹌的是腳步。

「你是男子漢大丈夫嗎？怎麼不心疼你的小甜？怎麼不暗中指引路線？我們找你尋你，已經快半小時了，這是哪門子的待客之道嘛！」我心底罵咧咧。老一輩說的：陰陽阻隔、人鬼殊途，尋墳尋不到時，理直氣壯的咒罵，比低聲卑氣的懇求還要有效。

但是，無效呀！我們依然在墳場裡顛沛流離。

「難道……難道……無名無份，就無緣再見嗎？」小甜立住腳，無血色的嘴唇囁嚅出心碎的天問。格子房千門萬戶，我們倆細小如沙。

「你不知道的！來不及告訴你的……現在，我們來了。讓我們見你，讓你們相見！你到底在哪裡？」小甜哀哀苦求，對著茫昧的陰陽。

我的淚又嘩啦啦湧出來。還有比這個更悲涼的呼喚嗎？臭男人！躲甚麼躲？再不出現，我就要飆罵了！

是小甜的哀訴有用？或是我的咒罵有效？在這邊，往這方向，號碼近了，一號一號靠近了。我心跳加速，腳步卻拖慢了，拖得千斤重。

終於要相見了！有緣又無緣的人。我該深呼吸幾下，讓狂振的脈搏穩下來。但是，辦不到呀！

小甜貼靠著我，全身都在顫抖。多艱難的一刻：生離之後是死別，死別之後，是面目全非的重逢。春蠶絲難盡，蠟炬淚已乾！人間癡兒女，怎擔得起、受得住？

她抖著手，伸出鑰匙，左突右歪，插不進鎖孔。喀、喀、喀，左轉右轉，使不出勁來。我接過手，輕易一旋，門開了……

開了！另一個冥昧的世界打開了……

我深深一鞠躬，向著木格子內、白玉瓷罈裡的他，那是一陰一陽乍見的禮數。我不認識他，卻彷彿很熟悉他。只因為，讓我與他百迴千折，痛到心坎裡去的，是同一個女人。

退開五六步，讓他倆好好看一看彼此、好好說一說貼心話。我乖、我識相；我離遠一點、我不當電燈泡……真是沒用呀！我幹嘛又眼淚鼻涕糊滿臉？

小甜站著，那身，是剜肉剉骨之後，再一片片拼湊回來的身；那心，是冰凍火焚之後，再一吋吋搗活搗跳的心。她孤弱的身影，站成地蕪天荒的姿勢。她伸手進木格子，觸他、捧他，摸他、撫他，隔著光滑冰涼的瓷。她低語喚他，一句句、一聲聲，訴向生命已逝、血肉成灰的他。不能執子之手，無法與子偕老；於己不能坦蕩、對人有愧有傷。你們這對癡兒女，可苦千尋萬覓、抵死纏綿？真的何苦又何必呀！

人間走一遭，為何執著到這種境地？緣起或有因，緣滅豈無常？不管有沒有來世？今生情緣請了結於此，莫再續了、莫再續了……你們承不起、我也受不了。

我怎受得了?我當然受不了!

再怎麼為你們感動感傷,也擋不住逼在前、壓在身的驚嚇——木格子、小相片,我被千百個曾經會哭、會笑,會咳嗽、會打噴嚏的陌生人盯著看。我哪敢閉上眼?一閉眼,幾百幾千個大眼小眼、男眼女眼、老眼嫩眼,全都瞪大眼,左右上下前後,每顆眼珠子都在射利箭、擲飛刀。一支支、一把把射過來,把我射成重傷的刺蝟。我也不敢睜眼。一睜眼,幾百幾千張大臉小臉、男臉女臉、老臉嫩臉,全都湊近我的臉,有的獰笑、有的痛哭,有的狼嗥,有的咯吱咯吱叫……格子門上,大頭照的臉全在跳跳蕩蕩,繞著我旋、圍著我轉,轉得我幾千幾億根寒毛,全都豎立起來!

驚嚇指數破表了,我卻硬生生的把尖叫壓制在喉嚨裡。等一會兒,車子一開入市區,一定立刻趕去廟裡,請收驚婆婆施施法、唸唸咒,安一安我四散的魂魄。現在,我先不催促、不打擾,好讓那對人兒多聚一會兒。閨蜜就是要不嫉妒、不囉嗦,不當夾心餅乾……。

驚悸的等待,是水火交逼的煎熬。而那對生離死別的人兒,還在耳鬢廝磨。偌大的靈魂儲藏室,四面牆頂鑲嵌著彩窗玻璃,有點像做彌撒的教堂。一束束的光,斜斜射進來,潑灑著角度,夾著飄悠的塵灰,在流洩、在移晃……

心碎的重逢還在纏綿著，他們瘋狂追討被截斷的情愛、被剝奪的時光。多留一秒，絕對多一萬倍魂牽夢繫，但是，誰忍心阻擋？

「阿彌陀佛！天要暗了，施主請回吧！」

總需要有人來拆解的——化外之人，最能點醒癡頑。可我並不感激，再多給幾分鐘又會怎樣？但是，是那個人在管事；靈魂歇息的巨塔，他是塔主、是掌門人。進來了，亮著頭顱，背著光，一臉陰黑的師父，步步逼近、聲聲催促了。

再一次要生離死別的人兒，力盡、淚也盡了……我幫小甜闔上木格子門。喀喳一聲，上鎖。

上了鎖！也看清楚了：那是單門兩格的塔位，一格已安放了小甜深愛的他；另一格，空著、等著，用紅紙標貼著另一個名字——女人的名字。

啊！一塔兩位，也就是一墓兩穴。多年後，他們夫妻將在此合衾同塚、永遠團圓。

小甜呀小甜！到頭來，妳終究是生前無名、死後無份呀！

離開山、離開海。我們又投身莽莽車潮。

我抿緊嘴，不是被禁問禁語，是徹底無言了。

「去一下關渡宮好嗎？」是輕聲柔語的商量，也是固執堅定的不可商量。

「好！」關渡宮有神明媽祖，不曉得有沒有收驚婆婆？但是，收驚有用嗎？會不會還有未爆彈？

從金山到淡水——山山水水迂迴著歸路；從竹圍到關渡——區區竹林哪能圍住甚麼？今天的世路、心路都太艱險了，接下去，可別再關山難渡呀！

淡水河滔滔又悠悠，對岸的觀音山，像遠古巨大的神祇，仰躺於河海大地的分界，凹凸玲瓏的稜線，勾勒出菩薩嫵媚的側臉。最後的夕陽，流連於莊嚴的鼻尖。霞彩似火，燒紅了半邊天……

我心也似火，焚燒無名的憂慮。

好大的停車場，泊車太容易了，反倒讓我彆扭。走過蚵仔煎、魚丸湯、烤魚條、炸雞排的攤販，所有色香味的誘惑，都發不動我的慾望引擎。

不安——像一團螞蟻雄兵，細嘴細爪，囓爬在我的背脊，搔不到、甩不掉！

「『關渡夕照』曾經是北臺灣十大美景之一。大學時期，我們常和男生們來這邊玩。

妳還記得吧？」她細語幽幽，是穿越時空的呢喃。

記得，當然記得！怎麼可能忘記？

那流水、那夕陽，迴盪、映照過我們喧鬧的青春——高高捲起牛仔褲管；步鞋、球鞋、涼鞋擺成堤岸上亂七八糟的觀眾。裸赤的大小腳丫，天不怕、髒不怕，試探性的伸出去，一腳接一腳；滑下去，滑入滑不溜丟去。一踩一驚呼，踩進蘆葦、菅芒與水筆仔，軟滑黏稠的黑泥巴，攪動起尖叫與大笑。男生們搶著扶小甜，爭先恐後當苦力，撬開大石塊，喊她小心，殷勤甜膩的叫她、教她。她單手架抓起大螃蟹，滿臉的驚恐與驚喜，全場歡呼。泥殼大將軍不屈服，揮動一對戰螯、八條腿踢來又蹬去……

是呀！我想念那時候，那時候的我們，那時候的小甜。

「淡水河的『藍色公路』開通後，我們好幾次搭遊船，航向豔紅的彩霞。等夕陽落下觀音山後，才在星光月光下歸航。」

喂！那個搭船的「我們」，是你、是他，不是我。講清楚！

「過去的，只是過去了而已！確確實實存在，沒有消失、沒有欺騙，不是虛妄。」

小甜禪語如偈，彷彿颶風突襲，孤舟迷航，經歷一番生死搏鬥後，她沉錨繫纜，安然登上彼岸了。

但是，小甜呀小甜！知妳如我，怎不懂妳是在欺我，順便說服妳自己？「好、好！我不反對。但是，妳給我聽著！過去了，也就回不去了。日子總還要向前！」今天憑弔過了，就不要再頻頻回首。該向前走了，不是嗎？傻女人！

小甜真的向前走了，拉著我的手，走向關渡宮，一梯一梯登上臺階。大殿前邊，一座焚燒金紙的大香爐。她要幹嘛？我茫然隨著。她手心發暖、腳步不軟，有些力氣了。

風急、天昏，遊客香客都已散盡。水鳥保護區裡，暮色一片蒼茫。大夜鷺、白鶺鴒、紅冠水雞、彎嘴濱鷸……都找到窩巢或枝椏了嗎？

大香爐前，她停下，深深望我一眼。

那一眼，千言難盡！

她低下頭，很慢的動作，一個鈕釦一個鈕釦解開，紫色長罩衫打開、白色毛衣掀開。當著我的面，她從裸白的腰間，解下一條紅絲帶。

紅絲帶——繫掛在小腹。

那小腹……那紅色……那絲帶……那牽腸掛肚……。

啊！那是妳跟那男人的通關密語？愛情信物？代表百繞千纏的繫連？

好！太好了。解開了，也就不執著了。妳終究是拿得起、放得下的堅強女人。

更好！妳雙手捧執紅絲帶，拜向天地、拜向四方、拜向神殿內的天上聖母。妳從不迷信的，是為了要宣誓、為了怕意念動搖，才這麼謹慎隆重，對不對？我的小甜！

啊！妳投紅絲帶入火爐了。

火起滋滋，燒了，捲扭了，鮮紅變焦黑，化燼成灰了……。妳捨下這段孽緣，回頭上岸了。妳是浴火後的鳳凰，重生的妳，將一切憾恨，還諸天地、還諸鬼神了！

我淚流滿面，見證這莊嚴的宣誓。好樣的，我親愛的閨蜜！

火光映在她臉上，照出透紅透亮的堅定。反倒是爐邊的我，閃在半明半暗的火影子中搖晃。

「要進去參拜媽祖嗎？要打道回府？回哪裡？妳家？我家？」

當啞吧司機，被禁問了一整天，我不開口則已，一開口，就傾倒出一大串問號。

其實要問的，哪裡只有這些！那男人是誰？怎麼戀上的？他生甚麼病？急性肺炎？登革熱？腦溢血？心肌梗塞？猛爆性肝炎？或者，是車禍？是工安意外？甚至，他姓啥？名啥？

長甚麼模樣？我還是不知道。格子墳場內，淚水糊了我的眼、驚嚇蒙了我的心，我連他的照片及名字，都沒看清楚……

但是，不必問、不想問，也不能問了！小甜好不容易燒掉紅絲帶，割斷所有牽絆，我就別再興風作浪、橫生枝節了。

「不必入殿去，我剛剛已經向媽祖聖母祈禱過了。改天再來吧！」

「喳！公主千歲千千歲！婢女遵命。」移開了，那悶壓在胸口一天的大石塊，我逗起她玩。從前——沒有滄桑的從前，她一定會刀棍齊發，砍殺過來。

「對不起！這一天下來，夠妳受的了！」她低語，沒抬頭。

我們一級一級走下臺階。黑夜的大河、空蕩的停車場，強風咻～咻～吹響尖銳的鐵哨子。路燈白慘慘，照得她一身孤寒。我鼻子又酸了，這樣的處境、這樣的弱女子，是該安慰一下了。

「好了，結束了。燒掉了紅絲帶，一切重頭來。妳也仁至義盡，沒對不起誰了……」我口氣儘量輕鬆。這麼沉重的事，不能再正經八百，會砸痛人的。

「啊！原來妳不懂、妳不知道這習俗？」她停下腳，抓住我臂膀，手指掐透的力道，隔著幾層布料，還讓我生疼。

「啥？啥事我不知道？」我滿頭霧水。

「那紅絲帶……那紅絲帶——是避邪驅煞用的，綁在腰下，是為了……」

霧水變成冰水，冰水凝成冰塊，全部飛起來砸向我腦袋。不！不要！千萬不要！老天！

「綁在腰下，是要保護……」

不要！不要這樣，千萬別這樣！我的思緒已竄出去，竄向萬劫不復的方向，扯不住、拉不回了。快、快，講快一點，快證明我的猜測是錯的。那擔子千鈞重，會壓垮妳一生。妳開甚麼玩笑？妳沒義務、妳也沒權利。妳、妳、妳別造孽呀！

「那紅絲帶，是要保護……保護我跟他的孩子。他進加護病房，我才發現懷孕，但來不及了，來不及告訴他……現在，全天下只有妳知道！」

我癱軟了，直接坐落地，小甜也蹲下。寒氣穿透我屁股、刺進我脊椎，還在我全身上下衝撞。我盯著她狠狠的瞧，是的，我該下決心的——只有我知道，那就由我來扮黑臉，充當劊子手。我要勸、要逼、要押著她去、去……老天，她不該賠上一生的！

「他走了，永遠走了，好在，他留下孩子給我……」

甚麼好在？妳昏頭，妳頭殼裝屎！妳生得出？養得起？妳如何向父母親人解釋？向同學同事交代？妳斷了再戀愛的念頭嗎？妳不怕永無寧日？還有，妳怎麼忍心讓孩子身世成謎？他向媽咪哭喊要爸比的時候，妳怎麼辦？

「我不知道這算不算自私？我也不知道這樣做對不對？但是，他死了，我怎能再殺死他的孩子？」

那只是未成人形的血肉而已！不是殺。天呀！誰幫我告訴她，那不是殺、不算殺……。

「不管是男是女，我都愛、都栽培。我不辜負死去的他，不違逆老天的恩賜！」她還在一廂情願，還在柔情萬千。

「恩賜？妳當那是恩賜？不是老天爺的處罰？不是妳今生今世的累贅？」我一口氣提上來，憋了一整天的驚懼與擔憂傾洩而出，淡水河漲狂潮了：

「聽著！妳給我想清楚：妳要上班、要在眾人的眼皮下討生活；妳要大肚子、要帶孩子、要換尿布、要消毒奶瓶、半夜還可能去掛急診。妳要接送他上幼兒園、上小學、讀中學、考大學；說不定讀完研究所，媽寶還在啃老骨頭。『三四歲，狗都嫌』時，他會搞破壞、瞎哭胡鬧，掀翻屋頂，哄都哄不來。他青春期一定會叛逆，抽菸、喝酒；搞不好還拉K、呼大麻，要去警察局保他。等拉拔大了，娶了老婆或嫁了老公，妳不是免付費的老媽子，就是被送愛心便當的孤獨老人。妳說，妳值不值得？害不害怕？……還有，妳有想過那個悲哀到爆的正宮大老婆嗎？紙包得住火嗎？包得住就沒傷害嗎？老公背叛她了，她還跟負心人睡在一張床；死後，骨灰也會被擺在同個塔、同個木框。妳難道對她一點都不愧疚嗎？……就算妳不替那個女人想，妳也要替這無辜的孩子想一想：他願意被生出來嗎？他開心父不詳嗎？他走的路會比妳輕鬆嗎？他會被自己、被別人指指點點，妳知道嗎？……」

我在抓狂，抓著她兩個臂膀發狂。

是的，一定要搖醒她，把她的固執搖鬆、把她的理智搖醒，絕不讓她削尖了腦袋，往十八層地獄裡鑽。

救她！誰來幫我救她？我劈頭劈臉罵她，厲聲厲氣搖她、晃她，搖得她披頭散髮、晃得她筋離骨散……那個人，死掉的那個人呀！快救救愛你的小甜。痛那麼深、苦那麼烈了，請來告訴這個癡心的笨女人：別造孽了，別再禍害下去了。

嗝！砰！一股強大的力量推過來，像平地爆起的焦雷，我瞬間倒地，頭殼、肩胛、腰背撞到冷硬的水泥地。是她、是小甜，她摀著肚子，站起來，高高的，一臉強悍，一口絕決：

「別傷到我的孩子！」

是她！她推我，用那麼強、那麼大的力量拒絕我！

一迴身，紫色長衫的衣裾拂過我臉頰，癢娑娑的。她走了，拋下跌躺在地的我，走開了！

但——也才走兩步。她頓住，轉頭，發出母獸喑唔的哀鳴：「我要孩子、讓我要孩子……他死了，他的孩子不能死……」

她走回來，跪坐下來，伸出兩手環抱，用力的、死命的摟緊我。我的頭埋在她胸前，淚一滴一滴淌下來，她的、我的、熱熱的。她無聲如出血的淚，滴在我後頸、流進我領子。我聽到她的心跳……

「我想都想過了，也害怕、掙扎過了，我、我沒有那麼堅強。那天，他被送進太平間。太平間前，他兒子那樣真誠的懇求，我還能怎樣？我在臺北街頭茫茫轉了三天，才下好決心，走進一家婦產科，躺上手術臺，掛好了點滴架。是個老醫師，他看我哭成那樣子，手也軟了。打麻醉劑之前，他問了我一句：『兩個多月大了，要不要照一下超音波，跟妳的孩子 say good-bye?』天呀！我看到我的孩子了，小小彎彎的身，像一粒腰果，大大的頭型，隱約有手有腳了……螢幕下的擴聲機，傳來咻呼！咻呼！的羊水聲，中間夾著咚！咚！咚！的心跳——平穩強壯的心跳。我孩子有心臟、心臟會跳動了……我跳下手術臺，扯掉注射針，告訴老醫師：『我不做了，我要孩子。』

是的，我也聽到她的心臟，隔著白毛衣、長紫衫，咚！咚！咚！平穩有力，不是弱女子的，絕不是了。

我又變回啞吧司機。汽車有撥雨刷，誰能發明撥淚刷，掛在我眼皮上，好讓我的視線清晰一點？我抽抽搭搭，哭到抓不穩方向盤。她坐在旁邊，咬著下唇，挺直了背脊，坦開一切後，就甚麼也不怕。

可是，我怕呀！我替她害怕，怕得死去活來：

「小甜！妳、妳、再考慮幾天……」啊！她不會再考慮的，她笨得像豬、固執得像驢。

「再、再上一次手術臺，也、也不難……」我在做夢，白日夢、春秋大夢！我又不是不了解她。

「不怕，有我陪著……」是呀！我會陪著她去產檢、去麗嬰房、去選嬰兒車、去超市買Baby Food，還會認真看說明書，看有沒有防腐劑、添加物。

「妳請幾天假，我好好替妳補一補……」對了！我要上網查查、打電話問問，未婚或不婚生子，有沒有產假、育嬰假、補助款等福利？臺灣少子化這麼嚴重，生孩子再有差別待遇，我就上街頭去抗議。

「搬來我這邊住吧！我一個人，很怕氣喘發作，沒人救……」其實，兩三年沒發作了，醫生說小心就沒事。啊！聽說懷孕不能搬東西，會驚動胎氣。那、那、就去找搬家公司，從頭到尾我來押陣，她啥事都不必操心。

「房子擠一擠，還活得下去啦！」好吧！書房就改作育嬰房。生下帶把的小子，我送他機器戰警；生下丫頭片子，我給她買芭比娃娃。當然，反過來也可以，男女平等又平權嘛！這年頭，失職的爸媽一大堆，我會戒掉可樂、漢堡、軟沙發，會進美術館、表演廳去培養氣質。我就不相信，我和小甜兩個這麼優質、這麼努力的女人，教不出一個好小孩。

「我知道有一家坐月子中心，老闆是我的客戶，玩期貨玩得很來勁，我來逼他打折……」啊！露餡了，牛腿馬腳全伸出來了。唉！我不要這麼快就棄甲曳兵，這麼容易就屈服投降。

算了，不計較了，誰教我天生是「答應」的料，就答應下去吧！未來要怎樣？就怎樣吧！怕也沒用。

但是，總要反抗一次的。

這一次，我要逼小甜答應——等孩子生下來，叫我胖阿姨、黃媽咪都可以，就是不准喊我黃連。

黃連那東西呀！滋味真的會回甘嗎？我一點也不確定。我確定的是：它入口入喉時，絕對是苦的，苦入肝腸、苦入心肺的。我不要，真的不要了……。

跋

一生榮辱帝王術

——寫在新編崑劇【韓非・李斯・秦始皇】之前

中央研究院院士 曾永義

以「序」代「跋」之小說明：

王瓊玲是我的學生。多年來，師徒倆同致力於學術研究、醉心於藝文創發；二〇一五年八月，又共同合作，擔任〈新編崑劇【韓非・李斯・秦始皇】〉的編劇。此時，她的長篇小說《待宵花——阿祿叔的八二三》以及創作集《人間小情事》即將付梓。我為她嘔心瀝血的史詩小說已寫了序。此處，則以戲劇之「前序」代替創作集之「後跋」，既回溯師徒合作之源由、瓊玲編創劇情之努力，並旁證此本創作集之可涵泳、可品味。

我的「戲曲事業」主要在學術研究，其次在維護與發揚。偶然也與劇團合作，創編劇本，藉劇中人物吐露胸中塊壘，遊戲筆墨一番。沒想這樣的「遊戲」，漸有成癮之勢，十二、三年來居然有十七本。若論其題材劇目之選定，大抵由我「感事而發」。可是就中崑劇【曲聖魏良輔】，乃因江蘇省崑前院長柯軍，有感於一般人對崑腔、崑曲、崑劇、水磨調，好像都耳熟成詳，但其實多數不知其來龍去脈，乃委託我創作崑劇【曲聖魏良輔】。

【曲聖魏良輔】參加今年（二〇一五）十月在蘇州舉辦的崑劇節作為首演。為了這次演出，省崑李鴻良院長召集學者、專家、編劇、譜曲、主演，舉行「劇本修編意見座談會」。我們在崑山市巴城鎮元代名士顧瑛玉山草堂，盤桓兩天。其間李院長對我說，崑劇水磨調的發祥地在崑山，而崑山卻沒有崑劇團是可笑的事。因此他和柯軍及上崑當家生角張軍，有志一同地要為崑山成立崑劇團，希望我為他們以「韓非、李斯、秦始皇」為劇目撰寫劇本，好讓他們聯合演出。我即時滿口答應。

可見【曲聖魏良輔】和【韓非・李斯・秦始皇】這兩個崑劇劇本，我都是「依題製曲」，並非油然有感、胸中成竹，乃乘興命筆那樣「瀟洒自然」。【曲聖魏良輔】我已為他作過研究，因此稍加設計渲染，即可成篇；但是【韓非・李斯・秦始皇】，這三位響噹噹的歷史人物，雖然彼此都有關係，然而一位是集法家大成的學者，一位是以帝王術致富貴功名的權臣，一位是喑噁叱吒統一天下的暴君，他們看似有高低，其實是鼎足而立。要寫他們，前提要深入探討，弄清他們的生平事跡、性情襟抱和時代背景，如此下筆，才不致走火入魔、貽笑大方。而要使之引人入勝，須建立可供省思的主題思想；關目情節講求布局章法、針線照映，使得排場起伏、冷熱相濟；腳色分配得宜、輕重有致，人物各具性格，刻畫得體。而科諢機趣、賓白醒豁、曲文優美如其口出，也都應當留意。對這些我所主張的編劇要領，如果要一一實現，尤其是前提的研究功夫，就眼前我正有其他重要「學術工程」的情況而言，實在力不從心。於是我想到王瓊玲，找她一起合作。

瓊玲現任中正大學中文系教授，是著名的小說家，她的〈美人尖〉和〈阿惜姨〉與〈含笑〉都被改編為豫劇，後者易名作【梅山春】，皆風靡兩岸。其【美人尖】還正被大陸改作電視連續劇。以她的修為長才，最足以幫我完成「前置作業」，那就是「劇情原創」。於是她孜孜矻矻的花了整半年的時間，從事探討研究、分場立目、布置劇情、營造氣氛。她聚精會神、日以繼夜，有時為筆下的人物情節，自我感動得痛哭不已。而稿成之日，她病倒了。我為她的情義相挺、兩肋插刀，感激不已。

當瓊玲編創劇本情節時，我們有所商量：先定下劇本主軸，「成也帝王術，敗也帝王術」。韓非是「帝王術」的理論家，因而名滿天下，也因而被酖殺獄中。李斯是帝王術的執行者，因而位極人臣，也因而被腰斬咸陽。秦始皇是帝王術的成就者，因而統一天下，也因而殘暴刻薄，屍腐轀車。他們都重權術，為達富國強兵而不擇手段。至於仁心情義，起碼在李斯、秦始皇身上是不存在的。如此焉能不因果循環，咎由自取。

我們雖然儘量根據史料敷演，但如果「以實作實」，不加剪裁、補綴、修飾、渲染，則戲曲終不成為戲曲，必教人不忍卒睹，難耐終場。於是我們為了戲曲必須有女主角，創造了一位「想當然耳」的人物荇兒，由她穿梭於韓非、李斯、秦始皇之間，以她的明慧美麗、文武兼修、情深義重，使劇情節節進展，前呼後應。我很佩服瓊玲小說家的奇思妙想，將支離零星的史料，加油添醋重新攪和，創出如此骨肉均勻、血脈通連的有機體，而且直接剖析了韓非、李斯、秦始皇三人的內心世界，使劇情為之靈動，使觀眾為之陶醉。

因為有瓊玲建構完美的劇情，我依南雜劇體製規律，選擇宮調曲調配搭，依調填詞，穿插賓白、點撥科諢，設置排場以呈現於舞臺，就容易得多。所以我只花了十天時間，就將瓊玲的心血「翻轉」為崑曲劇本。而瓊玲更仔細將劇本初稿校閱一過，對於賓白部分可以使「劇力」增強者特別用心斟酌，其因而牽動曲文者，我自然重新填製。

對於這樣的崑劇劇本【韓非・李斯・秦始皇】，我們不知呈現在舞臺上果然如何，但可以肯定的是，我們都盡心盡力了。

二〇一五年八月三日晨六時三十分於森觀寓所

【文學 022】

美人尖——梅仔坑傳奇　　王瓊玲　著

張愛玲說，生命是一襲爬滿蚤子的華袍。在被爬蟲逗弄得全身發癢之際，你是奮起抵抗還是消極放棄？透過本書的幾則故事，看阿嫌的苦和惡，看老張們薄於雲天的義氣和酸楚，看含笑的無奈和善良，看「被過去鞭打、現在蹂躪」的良山……一段過分沉重的歷史，讓我們看見一群最勇於迎戰的鬥士！

【文學 026】

駝背漢與花姑娘——汗路傳奇　王瓊玲　著

一場場沒有劇本的戲碼，在生命中跌跌撞撞地上演著，面對無法預料的未來，我們是選擇自怨自艾、垂淚苦嘆，還是奮不顧身、舉步迎擊？透過本書的三篇故事，吁看駝背漢與花姑娘在寬懷無私裡掙扎著生與死；淚看阿惜姨與秋月在沉痛巨變裡學會海闊天空；笑看阿滿在青澀魯莽的青春裡逐漸成長……歲月的舞臺上，搬演的是一幕幕悲喜交集的人生。

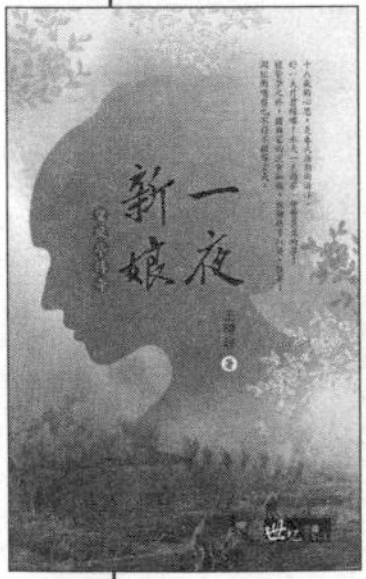

【文學 033】

一夜新娘——望風亭傳奇　　王瓊玲　著

以望風亭為中心點的汗路上，農女與年輕教師的淡淡情愫正逐漸萌芽；老伯公與日本巡學喃喃說著生命裡的曲折離奇；梅仔坑的眾子弟在異國權勢底下奮力生存……囚困於無情時代的人們，各自拖曳著生離死別的重量；誰是寄託思念的歸人？誰是招惹惆悵的過客？戰火之後，依然是無盡想望的家園，與未曾止息的青春之歌。

【文學 035】

待宵花——阿祿叔的八二三　　王瓊玲　著

戰爭是人類最愚蠢的行為，它將勝利建構在無數生靈的死亡之上，將每一個獨一無二的血肉之軀，簡化為一組冰冷的編號，視為一枚渺小的棋子。從純樸的嘉義梅山，來到殘酷的金門前線，命運之神將如何擺布阿祿？在共軍上萬餘顆砲彈的突襲下，他將面對怎樣的未來？

世紀文庫

【文學 034】

人間小小說

王瓊玲 著

本書作者用純真的心、慧黠的眼觀察這大千世界，以深情、幽默的筆法寫出生活的點滴與憧憬；率性而善良地直抒胸中的憤慨和感動，每字每句都包蘊著悲天憫人的襟懷，詼諧而練達地刻畫人間故事。斟上一杯梅山烏龍吧！讓作者將人間的「小小說」，小小地，說給你聽。

【文學 036】

人間小情事

王瓊玲 著

最會說故事的王瓊玲，以一貫詼諧風趣的筆法，娓娓道出對往事的回憶、對文學創作與戲曲藝術的熱情，以及對域外人事物的感懷，字裡行間蘊藏深刻動人的感性，將有情的世間萬物編織成一張細密的「情網」，深深網住讀者的心，令人動容，低迴不已。

國家圖書館出版品預行編目資料

人間小情事／王瓊玲著.－－初版一刷.－－臺北市：
三民, 2017
面；　公分.－－(世紀文庫:文學036)

ISBN 978-957-14-6280-6　(平裝)

857.63　　　　　　106003389

著作人	王瓊玲
責任編輯	朱家儀
美術設計	林易儒
發行人	劉振強
發行所	三民書局股份有限公司 地址　臺北市復興北路386號 電話　(02)25006600 郵撥帳號　0009998-5
門市部	(復北店) 臺北市復興北路386號 (重南店) 臺北市重慶南路一段61號
出版日期	初版一刷　2017年5月
編號	S 811670

行政院新聞局登記證局版臺業字第〇二〇〇號

ISBN　978-957-14-6280-6　(平裝)

http://www.sanmin.com.tw　三民網路書店
※本書如有缺頁、破損或裝訂錯誤，請寄回本公司更換。

本書版稅全數捐贈梅山文教基金會，作者並捐贈同額款項予嘉義縣敏道家園（教養院）